Roman d'un berger

Ernst Wiechert

Isbn : 978-2-490501-22-9

Couverture : Adrien Bargin

Les éditions du typhon
83 rue Jean de Bernardy, 13 001 Marseille
www.leseditionsdutyphon.com

Roman d'un berger

roman

collection *Après la tempête*

Ernst Wiechert

Traduction de l'allemand (Allemagne)

de Sylvaine Duclos

Préface
par Franck Bouysse

Franck Bouysse est né en 1965 et vit en Corrèze.

Il a publié une douzaine de romans dont *Grossir le ciel* (La Manufacture de livres, 2014), *Né d'aucune femme* (La Manufacture de livres, 2019), *Buveurs de vent* (Albin Michel, 2020) et *Fenêtre sur Terre* (Phébus, 2021).

Dans la grande maison du berger, il n'y a pas de porte

Au commencement, il y a ces mots :

« *Un beau jour d'été vers midi, son père mourut écrasé par la chute d'un arbre.* »

Comme un écho troublant aux paroles de Jeanne d'Arc déclarant à ses juges :

Puis vint cette voix
Environ à l'heure de midi
Au temps de l'été
Dans le jardin de mon père.

Michaël a six ans lorsque survient le drame. Il assiste, fasciné, à l'exécution, au coup imparable de l'arbre bourreau et victime. On n'abat pas impunément un arbre sans en payer le prix du sang et il ne viendrait pas à l'idée de l'enfant de remettre en question la sentence de la forêt.

Le sentiment du destin se plante dans la tendre chair, telle une écharde arrachée au sapin meurtrier. Elle n'en ressortira jamais. Plus tard, le silence revenu, l'enfant s'approche, découvrant le corps sans vie de son père. Assis dans la vaste maison de la mort, il veille à chasser les mouches de sa petite main, afin qu'elles ne viennent pas se poser sur le visage éteint. Ce père, dont on ne saura rien, est mort sur le coup. Quant à son compagnon, surnommé «le Soldat», parce qu'il s'amusait à mettre en joue les gamins du manche de sa hache, il agonise sous les yeux de l'enfant impassible. Michaël est certes triste, mais paraît serein, en paix devant l'inéluctable, cet acte fondateur qu'est la mort. Il comprend alors, qu'aucun homme, pas même un enfant ne peut la contrarier, comprend aussi qu'il y a toujours plus grand que soi, qu'une simple hache peut abattre un arbre, mais pas l'idée de l'arbre et encore moins son ombre.

À partir de ce jour, Michaël abandonne la peur sur le seuil de la maison des morts, devenue la maison du père, ainsi que quelques larmes. Désormais, ce sera sa plus grande liberté : voir en toute chose une âme à chérir et parfois à sauver. «*C'était comme s'il lui était à jamais interdit d'être bruyant sur cette terre où, tout enfant, il avait senti tant de silence.*»

Au travers de ce texte, Ernst Wiechert exprime le caractère sacré de la nature, sa puissance. Fils de forestier, il la connait par cœur et surtout par le cœur. Son éducation chrétienne exacerbe sa sensibilité au sacré qui laisse pénétrer à chaque instant dans ses yeux la beauté du monde sensible.

La société de son temps comprend mal ses appels au respect du vivant et son scepticisme face au progrès. Certains critiques l'associent – à tort – à la poétique du Sang et du Sol, le réduisant ainsi à la *Blut und Boden Dichtung* : cette poésie rurale qui vante un retour à la terre pour mieux stigmatiser les supposés déracinés – les Juifs.

Il n'y a qu'à lire Wiechert pour comprendre combien il honnit ce mouvement. Rien ne lui est plus étranger que la haine aveugle ou l'arrogance des vainqueurs. Toute sa tendresse va aux vaincus. Le roman s'ouvre d'ailleurs sur « le Soldat » abattu par un sapin. Ce « Soldat » fait référence à la guerre maudite, que Wiechert ne cessera – dans ses livres et tout au long de sa vie – de dénoncer jusqu'à être conduit à Buchenwald. Il y sera brisé et devra promettre de ne plus dénigrer le régime. Libéré du camp, mais pas de la terreur des loups, Ernst Wiechert se réfugie en lui-même pour composer ses chefs-d'œuvre :

Les enfants Jéromine et *Missa Sine Nomine*. Deux imposants romans qui s'ancrent dans la matrice fertile et inépuisable que constitue le *Roman d'un berger*.

Dans cette préface, il n'est pas question de dévoiler l'histoire, ce qui fait la grandeur d'une vie libérée de toute notion de durée. Il n'est pas non plus question de juger du prix d'une existence, mais on l'aura compris, de s'attacher au décor grandiose dans lequel elle s'inscrit et s'efface. En s'ouvrant au monde, Michaël, fils d'une veuve, se détache peu à peu des humains parqués sur leur lopin de terre, l'enclos gardé de leur vie. Sa mère, petite fée courbée aux mille dons, lui lègue en peu de mots le sens de sa vie :

« *Vois-tu, lui disait-elle, le maître d'école a un salaire et une baguette ; le garde forestier a un salaire et un fusil. Mais le maître d'école ne pourrait pas être garde forestier, car les lièvres se moqueraient de lui, et le garde non plus ne saurait être maître d'école, car les petits galopins riraient aussi. Tous deux sont trop bêtes pour être autre chose que ce qu'ils sont. Mais toi, tu dois apprendre, tout apprendre pour pouvoir faire ce que tu veux, sans baguette ni fusil* (…) *Quand, dans le Livre, Saül quitte la maison de son père pour chercher une ânesse, il trouve une couronne de roi.* »

Là est l'essence des choses, même si l'enfant n'en saisit pas le sens au premier abord, il a entendu les paroles de sa mère, elles feront leur chemin et traceront leur voie. Il marche en son royaume peuplé de végétaux, de roches et d'animaux, une fronde à la main pour protéger le faible. Sa couronne de roi est faite de lierre tressé, piquée de fleurs des prés.

Michaël se soumet à l'enseignement des hommes, empli de lettres et de syllabes, de sentences et de table de multiplication, et aussi de religion. Mais c'est bien seul qu'il apprend à déchiffrer le grand lexique du monde sensible qui l'entoure. Son âme est pleine d'histoires. C'est la forêt qui les fait éclore, la solitude et le silence. Il pourrait faire siens le vers d'Edmond Jabès : *Ta solitude est un alphabet d'écureuil à l'usage des forêts*[1]. Un territoire mué en cathédrale à ciel ouvert dans laquelle il mène le troupeau, confié à douze ans par les habitants du village, jusqu'à l'autel consacré qu'est ce pâturage miraculeux, la verte oasis au milieu d'un vaste désert de landes et de marécages. Le reste de la population dépend du troupeau et le troupeau dépend de Michaël. La survie de chacun est entre les mains du berger. Il en a pleinement conscience et n'en tire aucune gloire.

---

1. Edmond Jabès, *Je bâtis ma demeure*, Gallimard, 1975.

Sous la plume d'Ernst Wiechert, le pâturage devient Terre Promise, un lieu où tout peut être sacrifié au nom du peuple élu. Michaël en défend l'accès coûte que coûte, lorsqu'un premier envahisseur se manifeste sur la lande aux allures de Champs Catalauniques. L'intrus n'a rien d'un puissant guerrier, il s'agit d'un jeune pâtre d'un village voisin, Laban, « (...) *un grand flandrin au visage marqué de petite vérole, aux yeux étroitement rapprochés* ». Piètre Goliath accompagné d'un chien borgne, sa force ne pèse pas lourd face à la ruse et l'adresse du jeune David s'appuyant sur la fougue de Wotan, son chien. Le jeune berger sort vainqueur du combat, devenant malgré lui un héros aux yeux des villageois.

La plupart des personnages portent des noms issus de la Bible ou d'épopées légendaires : Michaël, l'archange, convoyeur des âmes et gardien du jardin d'Eden ; Christophe, celui qui porte le sacré ; Adam, le premier homme ; Laban, oncle de Jacob ; même Wotan, le chien de Michaël porte le nom du dieu de la victoire, des morts et du savoir, celui que l'on nomme aussi Odin chez les vikings.

Ses amis, rencontrés à l'école, rendent visite au jeune berger. Ils l'admirent, envient sa liberté et le savoir professé par la nature. Christophe, le fils du maire ; Adam, fils du plus gros propriétaire de la région ; Friedrich et Wilhelm, les fils du forestier. Durant la magnifique scène de la garde nocturne des chevaux, Ernst Wiechert fait voler en éclat les barrières et les frontières, pour mieux nous faire toucher l'universel des yeux :

« *Lorsqu'ils levaient la tête, dressant leurs oreilles finement veinées, et que leurs naseaux humides humaient le lointain, par-dessus les cheminées qui fumaient dans le soir, ce n'était pas le lointain tout proche de la forêt ou des rivages du lac, mais celui d'un autre continent où un soleil couleur de sang, se couchait dans une indicible solitude* (...) »

Les compères semblent communiquer en silence avec Rawlins et Cole chevauchant au Texas, sous le même ciel étoilé :

« (...) *ils arrivèrent sur le dais circulaire de la terre qui était la seule chose sombre sans lumière pour l'éclairer et qui portait leurs silhouettes et les projetait parmi les foisonnantes étoiles de sorte qu'ils ne se déplaçaient pas au-dessous d'elles mais au milieu d'elles et ils allaient sur leurs montures à la fois jubilants et circonspects, pareils à des voleurs, débouchant soudain dans cette sombre ma-*

tière électrique, pareils à de jeunes voleurs dans un jardin lumineux, précairement vêtus contre le froid et avec dix mille univers entre lesquels choisir[2]. »

Chez ces immenses auteurs, tout est affaire d'observation, et plus généralement de perception. Pour accéder à la dimension du sublime, il suffit que l'enfant se laisse bercer par le chant du monde, qu'il chérisse le regard porté pour la première fois sur toute chose, de sorte à ne jamais les dévoyer dans un désir de possession :

« *Peut-être aussi de justes lois empêchent-elles la perpétuelle volonté de possession de connaître un repos que seule la volonté de donner peut procurer.* »

Le monde ainsi amendé, transcendé par le sacré, le respect et la beauté, se déploie en un vaste univers, que trop souvent les adultes réduisent aux limites d'une réalité sans imagination. La véritable malédiction des adultes est de rêver à l'intérieur de leur vie, quand les enfants vivent leurs rêves. Le vieux Johann, surgissant dans la lueur du feu, tel un fantôme, lors de la garde nocturne, confesse aux gamins sa vision du salut :

« *Le monde est vaste… très vaste… je construirai un pont sur le marais et je passerai dessus pour entrer au paradis (…) Au village, ils vivent comme des lézards…* »

---

2. Cormac Mc Carthy, *De si jolis chevaux,* Points, 2016.

Les mots du vieux sage resteront lettre morte, hormis pour Michaël. La fin de l'enfance, puis celle de l'adolescence, seront marquées par la désertion de ses camarades, embarqués pour les flots de la ville et le chant de sirènes à la peau blanche. Ce moment crucial du récit est aussi borné par l'arrivée au village de Tamara, une femme peintre, dont la façon d'être bouscule l'ordre des choses : «*Elle abordait le monde en peintre, c'est-à-dire avec les yeux, et non avec des concepts et des jugements.*» Suivra le trouble d'une rencontre, l'éveil d'un sentiment nouveau, qui semble détourner Michaël de sa mission de berger. Être de chair et de désir, il ne sait rien des codes de la séduction, la signification d'un baiser offert par une femme, mais tout au fond de lui, il sent le charme opérer, disloquer l'harmonie dans laquelle il s'inscrit depuis toujours. Sa mère veille au grain, faisant de la femme une «*sorcière des marais*». La créature et son art ne sont pas à leur place au sein de cet environnement qu'il est inutile de traduire à coups de brosses et de pinceaux, le traduire en une autre langue, que Michaël ne sait pas déchiffrer. Ce qui est, n'a pas besoin d'être copié, ni interprété. Lorsque Tamara dévoile la toile qu'elle a peinte en cachette et qui le représente nu, le berger réagit à la manière d'un de ces indiens devant son reflet photographique et qui pense qu'on lui a dérobé son âme sans son consentement. La colère prend le dessus, ce sera la seule fois.

Dans le roman de Wiechert, il est donc question des tournures du cœur, suspectes ou sincères, de la sagesse d'un vieux maître d'école, qui, au crépuscule de sa vie, cherche un sens nouveau au creux de la nature, loin des enfants qu'il a patiemment éduqués, désormais devenus des hommes habités du sentiment de la défaite. L'auteur met ces mots dans la bouche du vieillard, qui aujourd'hui encore, sonnent toujours aussi juste :

« *Des commencements semblables mènent à des fins différentes, mais préserver ce qu'il y a de premier dans le monde est une noble tâche, surtout dans un temps où les villes grandissent sans cesse et où, sans arrêt, la machine détruit ce que la main de l'homme avait mis des milliers d'années à apprendre ou à acquérir.* »

Personne n'entend le vieil homme, à part le jeune berger. Tout au long du récit, Ernst Wiechert décrit des soleils brillants pour mieux faire saisir le contraste avec ce monde qui s'éteint, et l'humanité qui s'enfonce dans la nuit en trahissant la nature, et par là même, sa propre nature.

Déjà, une guerre approche, semblable à toutes les guerres. Elle s'insinue dans l'esprit de chacun. Michaël se moque bien d'être un héros ou un lâche, il n'a pas l'intention de choisir. Il est chez lui, prêt à accueillir ceux qui voudront le rejoindre. Il ne pense qu'à son troupeau, à le choyer, le préserver : « (...) *jamais il ne s'associerait à ce projet de conduire son troupeau dans la poussière des routes, vers un exil amer.* »

L'histoire de Michaël est une veille patiente, commencée auprès du cadavre du père, dans la maison des morts. Il faudra un agneau apeuré, en métaphore divine, le plus chétif de tous les animaux, pour que s'accomplisse le destin du berger qui s'était cru David, et que, par son entremise, s'accomplisse le destin de l'humanité tout entière. La grande mission n'aura pas été de mener le peuple à Dieu, mais Dieu à son peuple, de pénétrer un temps révolu devenu Terre Promise au prix d'un sacrifice.

Au lecteur, désormais, de s'asseoir près du berger, fils du Père et éternel enfant, de guetter sa parole en repoussant les mouches de son visage d'ange.

Dans la grande maison du berger, il n'y a pas de porte.

Pour mon ami,
Karl Benno von Mechow

Un beau jour d'été vers midi, son père mourut écrasé par la chute d'un arbre. Michaël en fut le seul témoin. Du bord de la clairière, il vit la cime du grand sapin commencer à frémir ; mais sans osciller comme d'ordinaire, emporté par la rotation de ses branches, l'arbre tout entier tourna très vite sur lui-même avant de s'abattre avec fracas, comme une tour arrachée de ses fondations s'effondre. Le vacarme de la chute étouffa le faible cri poussé au pied de cette montagne de verdure qui s'écroulait d'un coup.

La bouche encore pleine du jus des myrtilles à peine englouties, l'enfant ne bougea pas, s'abandonnant à la puissante vision. Le sol où reposaient ses pieds nus trembla jusqu'à ce que le vent léger disperse dans la forêt le nuage de pollen et que le monstre vert, projeté en travers de la clairière, s'immobilise.

De ne pas apercevoir son père qui, par sa force et son audace, venait de réussir cet exploit, ne l'étonna pas. Son collègue aussi demeurait invisible, l'homme que les enfants appelaient «le Soldat», parce qu'il s'amusait parfois à braquer sur eux le long manche de sa hache comme le canon d'un fusil, en imitant si parfaitement avec sa bouche le bruit des détonations que la petite troupe de gosses déguerpissait, effrayée. Michaël était le seul qui jamais ne cherchait à éviter les balles meurtrières; il affrontait, avec un regard intrépide, cette mort prématurée. Ce courage-là plaisait au «Soldat», qui portait à l'enfant une vive affection et aimait lui prédire une belle carrière de général.

En s'avançant à tâtons dans la mêlée verte des branches brisées, Michaël découvrit son père et «le Soldat». Le premier était couché sur le dos, la hache encore dans les mains, un mince filet rouge violet aux lèvres. Michaël pensa au jus de myrtilles bien qu'aucune n'apparaisse dans la mousse déchiquetée. L'autre était allongé, face contre terre, bras étendus; une branche de sapin forte comme un jeune arbre pesait de tout son poids sur ses reins singulièrement plats et affaissés.

En vain, Michaël chercha le manche de la hache d'où le « Soldat » avait coutume de faire jaillir sur eux la mort. Il plaça la double gamelle bleue, remplie de soupe et de viande, à l'ombre du tronc abattu et il s'assit près de son père, attendant patiemment comment cet étrange jeu silencieux allait se terminer.

Une tige de clochettes, restée par miracle intacte, s'inclinait sur le front du mort, tourné contre terre. Le regard de l'enfant allait et venait du bleu finement veiné des fleurs à l'étonnante blancheur de ce front voilé d'ombre.

Son dos s'enfonçait dans les herbes formant à ses yeux une cabane que le haut soleil tachetait de poinçons dorés. Des gouttes de résine, jaune clair, s'écoulaient déjà des rameaux brisés, en emplissant l'air de leur odeur âcre. Furtivement, un lézard aux flancs palpitants se faufila, effleurant presque les mains du père, avant de disparaître.

Écoutant le doux appel monotone d'un pinson au-dessus de la forêt, l'enfant attendit encore un moment; puis il pensa que le mieux était d'imiter les deux hommes, de fermer les yeux et de se laisser glisser dans une douce somnolence. L'un d'eux finirait bien par se lasser avant lui de ce jeu et reviendrait à la vie.

Un faible gémissement, qui semblait monter des profondeurs des branches, le réveilla. « Le Soldat », toujours immobile dans la même position, se plaignait sourdement, comme s'il avait de la terre plein la bouche et comme s'il ne pourrait jamais plus imiter, de ses lèvres, l'appel clair et brutal de la mort. Puis l'enfant, qui sentait une secrète épouvante grandir en lui à mesure que ses rêves s'évanouissaient, aperçut des petites mouches noires qui s'affairaient autour du visage de son père. Il en avait vu souvent se poser sur des visages endormis, mais il se douta que cette fois le dormeur dormait d'un sommeil bien trop profond pour pouvoir les chasser, au bord de ses yeux, d'un battement de cils.

Saisi d'un pressentiment obscur et animal, l'enfant, pour la première et dernière fois, fut secoué d'un unique sanglot. Il cassa entre les branches du sapin un rameau de tilleul déjà flétri et avec, chassa les insectes des yeux de son père. Instinctivement il se raccrochait à sa tâche sans se soucier ni des heures qui passaient ni de la plainte sourde et régulière du « Soldat », qui semblait sortir de terre comme un appel.

Certes, l'enfant se rendait bien compte qu'il ferait mieux de courir jusqu'aux chaumières grises du village, d'interrompre sa mère ou quelque autre grande personne dans leur travail quotidien et de leur dire que là-bas, dans la forêt, deux hommes, ni endormis ni éveillés, étaient couchés sous un arbre, et que « le Soldat » ne pouvait ou ne voulait plus épauler sa hache comme un fusil et faire feu sur ses ennemis.

Malgré son impuissance et sa détresse, il savait ce qu'il devait faire. Si bien qu'à plusieurs reprises, il quitta l'abri de feuillage et marcha en portant son regard par-delà la clairière, plus loin que le bord du marais entouré de pins rabougris aux teintes bleuâtres sous le ciel sans nuages. Mais, dès qu'il se retournait pour un dernier adieu, il voyait de nouveau les mouches noires bombiller autour des yeux de son père. Il lui semblait alors qu'il lui était défendu d'abandonner ces yeux si calmes aux déchainements des insectes. Il finissait donc par retourner à sa sombre cabane désormais transpercée par les flèches obliques du soleil. Il reprit sa tâche monotone et, les sourcils froncés, luttait contre le sentiment de désespoir qui l'envahissait et le faisait épisodiquement frissonner.

C'est seulement au crépuscule que des gens trouvèrent les deux corps et l'enfant. Aux questions qu'on lui posait, Michaël répondit :

— C'est à cause des mouches, il fallait que quelqu'un reste là pour chasser les mouches…

Ils relevèrent le cadavre et le mourant qui avait les reins brisés, et fabriquèrent deux civières en entrelaçant deux branches vertes. Et ils regagnèrent le village, où toutes les portes étaient ouvertes et où le bétail enchaîné mugissait comme s'il sentait passer le souffle glacial de la mort.

***

Michaël avait six ans quand cela arriva. Les grandes personnes et les enfants de son âge le tinrent spontanément en estime pour avoir été un vaillant gardien dans la maison de la mort. Mais le seul avantage qu'il en retira fut de se voir confier de bonne heure des missions qu'on réservait d'habitude à des garçons plus âgés. Par exemple, il eut à garder les chevaux du manège, ou une vache prête à vêler, ou bien surveiller les gosses restés seuls quand le marché ou la moisson vidait la maison de tous ses adultes.

Il s'en acquittait comme on l'attendait d'un enfant éprouvé trop tôt par le destin : toujours avec calme, vigilance, circonspection et une sorte de dignité sérieuse qui ne prêtait jamais à sourire.

Sa mère était une petite femme courbée, pourtant aussi résistante qu'un brin d'osier. Gagnant son pain sans rechigner, elle labourait, faisait sécher les champignons, contait des histoires merveilleuses et même interprétait les songes grâce à ses visions. À sa manière, elle prêchait quand elle lavait les nouveau-nés et parfois les morts. Mais même si elle se démenait, sa maison restait pauvre comme si la misère la traitait en servante qu'elle ne congédiait jamais.

En découlait un enseignement humble qu'elle prodiguait à son fils.

— Vois-tu, lui disait-elle, le maître d'école a un salaire et une baguette ; le garde forestier a un salaire et un fusil. Mais le maître d'école ne pourrait pas être garde forestier, car les lièvres se moqueraient de lui, et le garde non plus ne saurait être maître d'école, car les petits chenapans riraient aussi. Tous deux sont trop bêtes pour être autre chose que ce qu'ils sont. Mais toi, tu dois apprendre, tout apprendre pour pouvoir faire ce que tu veux, sans baguette ni fusil.

C'est là, à l'intérieur, vois-tu, qu'il faut tout avoir : la baguette comme le fusil, les habits des riches comme le sceau du pauvre. Quand, dans le Livre, Saül quitte la maison de son père pour chercher une ânesse, il trouve une couronne de roi.

Assis au coin du feu, Michaël, occupé à sculpter une cuiller en bois, savait qu'il avait peu de chances de trouver une couronne de roi. Et de toute façon, il ne voyait pas très bien à quoi lui aurait servi une couronne d'or sur la tête quand il surveillait les chevaux. Mais parfois, avec une indulgence souriante, il retranchait de la sagesse de sa mère ce qu'il appelait « les queues d'agneaux » – car sur les formes agréablement rondes de ces animaux, la queue lui paraissait être un ornement oublié ou surajouté – il y restait des sensations douces et fortes. Elles lui rappelaient son père défunt, ses yeux clairs, son regard éveillé, intrépide, ses mains agiles, sa parole jamais hésitante, sa démarche souple et légère comme le vent du printemps. La venue de ces souvenirs précieusement conservés effaçait pour un temps l'image du mort qui gisait sous le poids ennemi, avec à ses côtés, ce compagnon, la bouche pleine de terre, ne pouvant plus, du manche de sa hache et du bruit de ses lèvres, contraindre le lourd vainqueur à battre honteusement en retraite.

« Michaël, fils d'une veuve », avait dit solennellement le maître d'école en inscrivant dans son grand cahier les noms des nouveaux élèves. Par ces mots, il avait dessiné une auréole autour du front du plus pauvre de la classe. Ce qui ne déplaisait pas à Michaël, ne prétendant pas pour le moment à de plus grands honneurs, comme une couronne de roi.

Comme les autres, il apprit des lettres et des syllabes, des sentences et la table de multiplication ; mais il ne manifesta pas de précocité en chantant les psaumes. Un jour qu'on l'interrogeait sur le sens profond de l'histoire de David et de Goliath, il répondit, sans s'émouvoir, que le jeune pâtre s'était certainement servi d'une fronde en bois de noisetier, car ce bois est à la fois plus résistant et plus souple ; les extrémités peuvent retenir la pierre assez longtemps et la laisser partir au bon moment. « Et de viser juste, ajouta-t-il, ce n'est pas si compliqué, cela ne fait pas de soi un roi. »

Pourtant faite sans la moindre trace d'arrogance, cette déclaration scandalisa quelque peu. Un enfant d'un pauvre village au bord des marais osait parler du Roi David comme s'il s'était agi d'un de ses pareils !

Le maître d'école secoua sa tête grise en signe de réprobation. Il fit remarquer que ce n'était tout de même pas la qualité du bois qui importait dans cette histoire. La réponse de Christophe – le fils du maire – au contraire lui apporta satisfaction. Celui-ci déclara bien haut, d'une voix tremblante de respect, que tout dépendait de l'esprit de Dieu, selon qu'il inspirait ou non le combattant. Et, suivant la méthode alors en usage, toute la classe, guidée par le geste du maître, répéta en chœur la Vérité qu'on venait de découvrir : « Tout dépend de l'esprit de Dieu, selon qu'il inspire ou non le combattant. » Michaël proclama cette vérité avec le même sérieux que les autres et, à la récréation, il ne protesta pas quand les autres entourèrent Christophe, pour l'admirer. Tout en mangeant son pain noir sec, des orteils de son pied droit, il inscrivit sur le sable de la cour le nom du vainqueur de Goliath.

Comme tous les enfants pauvres des villages aux abords d'un marais, Michaël trouvait tout naturel de s'engager dans la vie au point même où avait jadis commencé celle de Saül et David. Il pensait que le destin en avait ainsi décidé, depuis toujours, sans qu'il ne s'attende nullement à trouver au bout du chemin une couronne de roi.

Selon les lois du village, il garda d'abord les oies, qui sont les animaux dont on fait le moins de cas et qui se laissent facilement diriger. Et ces bêtes, à qui l'on dénie si dédaigneusement toute intelligence, lui donnèrent bien des leçons qui devaient lui être profitables dans les fonctions plus élevées dont il aurait à s'acquitter plus tard. En leur compagnie, il se familiarisa avec le monde des prairies, des mares et des maigres éteules.

Couché sur le dos, au milieu d'elles, il remarqua pour la première fois la forme des nuages et leur magnificence. Il apprit à aimer d'un amour précoce et fraternel la créature muette. Il acquit la tranquille assurance de ceux qui, dès leurs plus jeunes années, sont appelés à garder et à protéger, que ce soit des oies ou bien un peuple que l'on ait remis entre leurs mains.

Quand s'achevait le beau temps passé sous les nuages et dans le vent, quand, à la Saint-Martin, il entendait, le cœur serré, le premier cri de mort jeté par celles qu'il avait gardées, il disait adieu à sa royale liberté offerte par sa fonction solitaire et il rentrait au foyer maternel comme s'il revenait d'un long voyage.

Assis auprès de l'âtre où flambait une maigre bûche, il taillait dans le bois des cuillers, des animaux et des pièges ; il lisait, les yeux pensifs, des pages de l'Ancien Testament ou écoutait avidement les histoires sombres et fantastiques, les légendes, pleines d'aventures violentes, que lui contait sa mère. À l'école, il était attentif aux paroles du maître, se permettait parfois une objection, mais le plus souvent se taisait.

Aux premiers souffles du printemps, il se hâtait de quitter le foyer fumeux, les légendes, la sagesse scolaire, la faim, toute cette sombre atmosphère où il se sentait perdu, pour gagner les vastes espaces et la liberté d'une vie active. Il était un peu plus maigre, un peu plus pâle qu'auparavant, mais il avait gagné de l'assurance, comme si l'hiver lui avait fait don d'un secret qu'il était seul à connaître dans tout le village.

***

Quand Michaël eut douze ans, le village lui confia la garde du troupeau. Ce troupeau était aussi petit et misérable que le village, mais il le surpassait par la multiplicité et la diversité de ses éléments. Il y avait des vaches et des veaux, si différents de forme et de couleur qu'on aurait cru que toutes les races du monde s'étaient donné rendez-vous au paisible village des marais. Il y avait aussi des moutons, bêtes grises et patientes, qui semblaient collées les unes aux autres et tirées de-ci de-là sur d'invisibles roulettes par une main mystérieuse. Il y avait encore des chèvres aux barbiches pareilles à du lichen; leurs yeux intelligents, où brillait parfois la lueur d'une moquerie, pouvaient aussi s'embuer de rêve, et elles dévisageaient le nouveau berger avec un air de froide supériorité. Mais la gloire du village et, pour ainsi dire, le seigneur d'un royaume s'étendant au-delà des frontières, c'était le taureau. Le maire, par un caprice inexplicable, s'obstinait, contre l'avis de tout le village, à le nommer Bismarck.

Ayant un goût prononcé pour les cérémonies, le maire ordonna que tout le troupeau et le village soient rassemblés dans la cour de la mairie pour solennellement instaurer le jeune berger dans ses antiques fonctions. Là, sous le regard de la foule et des animaux, le maire donnerait officiellement la charge de berger à Michaël. Gens et bêtes ayant docilement obéi à cette requête, on se croyait, entre les bâtiments gris et les clôtures en ruine, dans un tableau représentant l'histoire de la création. Depuis le vieux Torfjohann jusqu'au plus jeune chevreau, l'un et l'autre semblaient d'ailleurs assez mal assurés sur leurs pattes, il ne manquait aucun être vivant de ce monde misérable et un peu voûté, qui entendait célébrer l'arrivée du printemps, selon une vieille coutume, en conduisant le bétail au pâturage.

Dans l'étroite cour où tout ce monde se pressait, deux personnages dominaient de très haut, sans discussion possible, la foule commune. Ils s'en distinguaient également par le rang et la fonction, ainsi que par leur silhouette imposante. C'étaient le maire du village et le taureau Bismarck; le premier, aussi grand et massif qu'un char à foin, avait des membres lourds, et ses petits yeux veinés de rouge faisaient d'inutiles efforts pour lancer un regard royal. L'autre, puissant et large, avec dans l'âme quelque sourde révolte, ressemblait à un esclave qui déjà commence à tirer dangereusement sur sa chaîne.

Et si ce roi des étables se distinguait par un anneau passé dans le mufle, son pendant chez les hommes n'avait pas un si visible ornement pour s'élever au-dessus de ses semblables. Sa différence était non pas dehors, mais dedans. C'était une dent d'or qu'il aimait montrer en abaissant un peu la lèvre inférieure.

Cette dent avait longtemps défrayé les conversations du village. Bon nombre de gens avaient déclaré que cette dorure d'origine humaine était un signe par lequel se manifestait la volonté divine; d'autres, au contraire, y avaient vu un piège du diable et le vieux Jean le Baptiseur, ainsi nommé parce qu'il faisait partie de la communauté baptiste, poussa l'indignation jusqu'à faire des comparaisons dépourvues d'équivoque entre le maire Christophe et « la grande putain Babylone ». À la longue, on s'accommoda de cette étrangeté et même une pointe d'orgueil finit par s'attacher à ce trésor qui appartenait un peu à tout le village, telles une image sainte ou quelque vieille relique. Au début des querelles qui éclataient parfois de village à village pendant les foires, il pouvait arriver, comme dans les disputes d'enfants, que les sujets du grand Christophe lancent à la tête de leurs adversaires ce suprême atout ; il fallait être complètement fou ou idiot pour oser se mesurer à un village dont le maire possédait une dent d'or.

Tandis que le roi du village – d'un ton solennel – parlait de l'importance des fonctions pastorales en rappelant les figures du berger dans l'Ancien Testament et leurs grandeurs, tandis que le taureau Bismarck subissait ce discours, l'air maussade, les cornes basses, en se balançant sur ses pattes de devant, attirant sur lui plus de regards que la dent scintillante dans la bouche de l'orateur ; le petit Michaël, lui, faisait le tour du troupeau, posant sa main brune çà et là sur un pelage brillant ou sur les boucles grises d'une brebis. Il se pencha sur le chien qui s'appelait Wotan et qui avait l'air d'un loup vieilli dans le chagrin ; il lui frotta un peu de salive sur son museau froid en lui murmurant quelques mots à l'oreille. Puis il se mit à caresser le taureau entre les cornes d'une main ; avec l'autre il effleurait ses babines rugueuses. Un peu décontenancé par le si visible désintérêt de Michaël, le maire abrégea son discours et tendit au jeune pâtre le long fouet et la corne d'écorce, symboles de ses nouvelles responsabilités. Mais Michaël, assumant déjà, de sa tranquille manière habituelle, la souveraineté qui venait de lui échoir, fit signe au fils du maire d'ouvrir la grande porte, fit claquer un magistral coup de fouet au-dessus de l'assemblée et sortit de la cour avec le troupeau, comme s'il avait déjà passé une longue vie dans les vastes pampas à garder et compter des milliers de bêtes sauvages.

Avec dignité, sa mère avait écouté l'éloge prononcé par le maire et, à la manière des vieilles femmes solitaires, toujours inquiètes, elle pleurait encore un peu de fierté et d'émotion quand Michaël s'en allait au bord du marais, sur le sentier sablonneux, précédé par une colonne de poussière que soulevait le troupeau, autour duquel le chien courait en rond, et suivi à distance respectueuse par la jeunesse du village. Il ressemblait ainsi, de loin, à l'un de ces pâtres royaux, célébrés par le maire dans son discours, qui, maintenant comme mille ans avant, partaient vers un désert inconnu, en quête de pâturages et de sources, et levaient les yeux, la nuit, vers des constellations entre lesquelles était écrite la promesse solennelle que le dieu des bergers avait faite là-haut, bien au-dessus du berger – mille étoiles en signe de joyeuse certitude.

***

Dès le premier été, Michaël fut mis à rude épreuve, une de ces épreuves en apparence minimes et qui pourtant, pour ceux qui sont exposés au jugement public, signifient la gloire ou la honte, qui pour ceux qu'anime un vif sentiment de l'honneur, sont une question de vie ou de mort.

Face à l'inéluctable coup du sort qui se profilait à l'orée des bois, tout ce qui avait été acquis et préservé jusqu'alors était un gain dérisoire. Que le troupeau rentre rassasié chaque soir et donne plus de lait que jamais, que les taons ne le tourmentent pas, que l'éclair et la foudre ne le dispersent pas aux quatre vents, que le taureau Bismarck s'acquitte fidèlement et avec succès de ses fonctions, qu'il ne se révolte point contre son nouveau maître, que le garde-chasse n'ait jamais dressé de procès-verbal pour délit de pacage en terre interdite, à quoi bon tout cela désormais ?

Car l'épreuve en question ne menaçait seulement pas la paix et le bon ordre du troupeau, mais les bases mêmes de son existence et, en extrapolant, la vie du village tout entier. Elle menaçait le pâturage au sein de la forêt, toujours humide, fertile, plein d'herbes aromatiques, le seul pâturage à des lieues à la ronde, la verte oasis au milieu d'un vaste désert de landes et de marécages, la consolante ressource de tous les êtres, sans laquelle les enfants n'auraient pas bu de lait pendant la sécheresse des étés torrides.

Les droits à ce pâturage forestier s'étendaient aussi, il est vrai, au village voisin ; mais l'habitude et la loi sacro-sainte du plus grand nombre avaient réservé cet espace, depuis des temps immémoriaux, au seul village de Michaël. À plusieurs reprises, les villages voisins avaient tenté d'ébranler cet ordre sacré : en vain. Le village de Michaël était toujours sorti vainqueur de tous les combats, de tous les affrontements, de toutes les luttes. Dans son histoire, le pacage de la forêt ne brillait pas d'un lustre moindre que, dans l'histoire des grands peuples disparus, la plaine de Troie ou les champs Catalauniques.

Et voici que sur ce sol sanctifié et comme imprégné de leur sang, apparut un beau matin le jeune berger du village voisin, un grand flandrin au visage marqué de petite vérole, aux yeux étroitement rapprochés. On l'appelait Laban, du nom qu'on donnait dans cette région, pour une raison inconnue, aux garçons ayant grandi trop vite et dont la charpente osseuse n'est pas encore affermie. Il était vêtu d'un habit qui semblait fait de lambeaux d'écorce. Il tenait à la main un bâton avec des chaînons que l'on pouvait lancer, bien que ce soit interdit, contre les vaches indociles. Il était le maître d'un chien borgne, au poil grisâtre, et d'un troupeau, aussi bigarré que celui de Michaël, mais sans un taureau portant le nom d'un chancelier d'Empire, et aucune des bêtes efflanquées qui le composaient ne pouvait prétendre à la beauté encore moins à quelque noblesse de race.

Laban apparut donc à l'improviste, à la lisière de la forêt ; il marchait devant son troupeau, ce qui déjà trahissait des intentions malhonnêtes. Un brin d'herbe à la bouche, il gardait les mains dans les poches et le bâton aux anneaux de fer appliqué contre son corps maigre. Pendant ce temps, Michaël était en train de descendre de la cime d'un sapin, où il avait vérifié si le nid d'un rapace, qu'il avait découvert l'an passé, était encore habité. Il était alors sans armes, et c'est seulement le grognement de son chien Wotan qui lui signala l'approche d'un danger. Écartant une branche, il vit en plongée le visage avancer vers lui : il reconnut l'air mauvais du berger au prénom tiré de l'Ancien Testament. Pour avoir lu l'histoire des Anciens, Michaël savait que Laban partageait avec son lointain ancêtre ce caractère querelleur.

Même Christophe, le roi du village, aurait eu quelque peine à trouver, ainsi placé entre ciel et terre, le mot ou l'acte qui convenait, bien que le destin – par le signe d'une dent en or – l'ait élevé au-dessus de tout un peuple. Mais Michaël, rien que « le fils d'une veuve », que rien ne distinguait que sa jeunesse et sa vocation précoce, n'avait pour lui que la géographie : sa position dans l'arbre au-dessus du sol et ce bout de terre qui lui revenait de droit.

Ainsi il mesura vite les risques d'une pareille rencontre. Dans un précoce sentiment de responsabilité, il comprit qu'il ne lui était permis de combattre pour son village que dans les meilleures conditions. Il lui fallait donc gagner du temps. Car, ainsi qu'il en avait déjà fait la remarque, l'esprit de Dieu ne suffirait pas entièrement à lui assurer, sur ce champ de bataille historique, la victoire qui lui revenait.

Il descendit tranquillement le long du tronc rugueux du sapin, appela Wotan, tira sa fronde en coudrier de sa poche, regarda Laban et lui dit tout en s'éloignant :

— Un combat singulier, c'est ce que tu cherches ?

L'autre cracha bruyamment son brin d'herbe et ricana de mépris comme si une aussi sotte question ne méritait pas d'autre réponse et comme s'il était indigne d'un berger à qui sa grande taille valait d'être appelé Laban de traiter autrement que sans mots avec un aussi piètre rival.

Michaël le fixa sans crainte entre ses yeux rapprochés et dit à voix basse :

— Alors, à demain matin, et n'oublie pas avant d'aller voir encore ton pasteur.

Puis il se tourna vers son troupeau qu'il poussa lentement dans la forêt comme s'il voulait éviter tout contact avec l'adversaire avant le moment décisif de l'affrontement.

L'intelligence de Laban était inversement proportionnelle à sa taille : il demeura coi, déconcerté à la fois par le calme de son ennemi et par cette étrange parole d'adieu. Il se contenta de faire paître son troupeau tout le jour, à la lisière de la forêt, l'esprit vainement occupé à deviner ce que pouvait bien signifier cette allusion au pasteur.

De son côté, Michaël passa la journée dans la profondeur de la forêt, près d'une carrière de gravier où il choisit avec soin un certain nombre de cailloux ronds et polis qu'il mit dans sa poche. Avec sa fronde en coudrier, il s'exerça longtemps à viser la tache claire d'un hêtre entre deux nœuds sombres et très rapprochés. À quelque distance qu'il se plaçât, le projectile venait chaque fois frapper magistralement la cible.

Le soir venu, il regagna le village de son air tranquille, habituel. Une à une, il laissa les bêtes du troupeau devant leurs fermes respectives, en dernier, Bismarck le chancelier d'Empire avec sa bande qui lui était plus particulièrement soumise. Et comme tous les soirs, Michaël resta assis sur le seuil de la maison, taillant le bois, levant la tête seulement pour demander à sa mère s'il était vrai que celui qui répand le sang d'autrui doive un jour verser le sien à son tour.

Épouvantée, sa mère poussa des petits cris, à la manière des paysannes, d'une voix faible et aiguë, comme d'une poule qu'un rapace va saisir. Mais avant qu'elle ait pu le questionner, il lui demanda encore si cette loi valait pour la guerre. Rassurée, elle répondit que non et saisit l'occasion de s'étendre longuement sur l'histoire des prisonniers français qui, au temps de Guillaume Ier, avaient construit le pont de la rivière. Elle était alors une enfant vive et délurée, et ces soldats l'avaient appelée « chérie » ; mais le cantinier du camp, un homme méchant qui aimait se moquer, avait prétendu que ce mot voulait dire du mauvais vin, de la piquette.

Michaël souriait seulement d'un air distrait, en faisant claquer la porte d'un piège qu'il venait de fabriquer.

Une dernière fois, il descendit vers les prairies où il captura trois taupes. Il faisait déjà nuit quand il les apporta à son chien, comme nourriture de guerre. Il pensait avoir ainsi, ce jour-ci, satisfait à toutes les exigences du dieu de la guerre et il s'endormit comme de coutume, les mains croisées sur la poitrine, tandis que sa mère surveillait encore ses tisanes sur le fourneau, comme si, elle aussi, pareille aux mères d'antan, faisait ses préparatifs de guerre pour le lendemain.

***

Il y avait de la rosée dans l'herbe et le soleil était encore rouge et bas sur les marais quand les troupeaux et leurs conducteurs se trouvèrent le lendemain face à face à la lisière de la forêt.

Laban n'avait plus de brin d'herbe entre les lèvres, et les soucis qu'il avait eus à percer le sens de la remarque sur le pasteur semblaient loin. Peu expérimenté au combat, il n'avait pas remarqué que Michaël avait manœuvré pour se trouver dos au soleil, afin de ne pas être ébloui. Poussé par un obscur souvenir des pratiques guerrières des temps primitifs, il tenta d'engager les hostilités par des injures homériques, sommant ce fils de garce de lui dire s'il était enfin prêt et disposé à crever.

Bien que le sens exact de l'injure lui ait échappé, Michaël sentit que des lèvres ignobles venaient d'outrager sa mère d'une infâme façon. Sans un mot de riposte, il leva sa fronde, visa la plus proche vache du troupeau de Laban et l'atteignit si rudement en plein flanc qu'elle fit un bond, poussa un sourd meuglement et, traversant le troupeau effaré, regagna l'espace ouvert et familier de la lande.

Cette attaque inopinée fit perdre à Laban le fil de son plan de bataille, péniblement élaboré. Il poussa un juron et, levant son bâton, lança avec force les anneaux de chaîne en direction de la poitrine de son adversaire qui les évita d'un écart. Aussitôt il excita d'un mot bref le chien borgne à lui rapporter l'arme et tira de sa poche d'autres chaînons de fer qu'il enfila aussitôt à son bâton.

Presque au même instant, Wotan courut jusqu'au chien borgne et le culbuta sur le côté. Laban, voyant ses plans à nouveau contrecarrés, se précipita en avant pour terminer ce combat à son avantage en terrain plat. Mais le caillou rond de la fronde de Michaël l'atteignit si précisément et si violemment au tibia que, fauché en pleine course, il s'écroula en poussant un affreux juron avant que sa bouche ne s'emplisse de terre.

Par la suite, Michaël n'a jamais parlé que discrètement de ce combat sur les champs Catalauniques : il borna toujours son récit à la simple énumération des coups échangés. Jamais, même devant sa mère, il n'avoua qu'en ce même instant, jaillit en lui la vision de l'arbre qui avait enseveli, en tombant, deux hommes dont l'un était son père. Jamais il n'avoua que cette vision des deux hommes dont aucun ne ressemblait, même de loin, au berger qu'il venait d'abattre, l'avait rempli de toute la force de celui qui a dans les yeux l'image impérissable et lumineuse de son père. Ainsi, à son insu, la parole du fils du maire s'était incarnée sous les grands sapins :

«Tout dépend de l'esprit de Dieu, selon qu'il inspire ou non le combattant.»

Mais là maintenant, le chien borgne, geignant et boitant, abandonnait le champ de bataille. La main gauche appuyée dans la mousse, Laban se relevait lentement sur les genoux et tirait avec son autre main un couteau glissé dans sa botte quand un second caillou, lancé d'une main très sûre, le frappa entre ses yeux rapprochés, d'où venait de briller une lueur mauvaise aussitôt brouillée par le choc. Laban se crut dans une mer en flammes.

Ce coup de maître mit fin au combat. C'était sans appel.

Le vaincu s'affaisse doucement sur le côté, tandis que devant lui le ciel et les arbres sombrent dans un abîme noir et qu'entre ses yeux fermés une tache se colore et grandit, avec une inquiétante rapidité. Michaël se rassure en constatant que la tache saigne peu ; mais sa forme et sa grosseur prouvent, sans aucun doute, que le berger au nom biblique sera rayé pour longtemps du nombre des garçons querelleurs qui convoitent les pâturages d'autrui.

C'est une belle pièce de butin que tient à la main Michaël : une lame étincelante, affilée, solide, avec un manche poli en corne de cerf et une pièce transversale courte et brillante. Une arme de roi pour qui en est réduit d'ordinaire à se faire un misérable couteau d'une faucille brisée et redressée à la meule.

Sa victoire assurée, grâce à Wotan et à sa fronde, il dispersa le troupeau de Laban dans toutes les directions, après avoir réussi à grand-peine à faire rentrer dans la forêt le grand taureau qui, farouche et taciturne, avait contribué de son mieux à fixer la victoire en essayant de porter chez l'ennemi violence et déshonneur.

Puis il aida le vaincu à reprendre ses esprits, en lui laissant goutter sur les yeux de l'eau fraîche retenue dans un corbillon, et désigna, d'un geste de la fronde, les pâturages qui étaient de son ressort. L'autre, d'un pas hésitant et boiteux, se retira de la forêt verte à travers l'herbe mouillée de rosée.

Alors Michaël lança fièrement aux quatre vents le chant de la corne d'écorce qui résonna au loin, ce chant qui ne vient ni de l'école ni de l'église. Son rythme est aussi soutenu que celui des chants de victoire de tous les temps, traduisant le bonheur de l'âme, élargie par la joie, avec l'éclatante allégresse de ces psaumes qui jadis, au fin fond des âges, au seuil des déserts disparus, s'élevèrent des cœurs humains. Et ces cœurs, aux jours d'enfance, avaient battu sous le même habit que celui de Michaël, sa tunique de berger, ce pauvre vêtement blanchi de pluie et de soleil.

L'écho du chant monte de toutes les profondeurs de la forêt, sons de corne qui vont se heurtant par-dessus les vallons de bouleaux et les barrières de sapins. Michaël se tient debout sur sa colline, victorieux et enivré : il n'est déjà plus maître des sons qu'il a lancés, et ses mains, qui tiennent la corne, se lèvent dans le soleil rouge. La première vague d'une vie large et mystérieuse l'emporte bien au-dessus du monde mesquin où il est confiné. Des larmes étranges, inexplicables, voilent à ses yeux l'image de la forêt, chaotique mer de verdure, que dominent un magnifique soleil et l'éclat retentissant du premier chant de victoire.

***

Une semaine entière s'écoula avant que le village apprenne la nouvelle page écrite au livre de son histoire. Il en fut informé, non par Michaël, mais par le père de Laban. Celui-ci vint, un soir, la démarche quelque peu incertaine, parler au roi Christophe. Après un verbeux préambule, il demanda la restitution du couteau et une indemnité convenable pour la grosse bosse qui était, disait-il, grosse comme un œuf d'oie et bleue comme un champ de luzerne. Huit soirs de suite, il avait dû se servir de sa ceinture de cuir pour arracher la vérité à son fils, en le frappant à tour de bras. Aussi, n'était le respect qu'il avait pour monsieur Christophe, il demanderait bien encore une indemnité pour l'usure de la courroie : un boisseau de seigle par exemple, ou tout au moins un jeune agneau, même s'il avait cinq pattes.

Exposée par l'émissaire du peuple battu, cette plainte redondante et parfumée à l'eau-de-vie surprit autant le roi Christophe qu'elle le combla d'aise. Il abaissa d'abord légèrement sa lèvre inférieure pour découvrir son brillant signe d'élu ; mais avant d'honorer le plaignant de la moindre réponse, il envoya son fils aîné chercher Michaël, dont les sons de corne retentissaient déjà dans la grand-rue du village.

— Michaël, dit le roi Christophe, d'un ton grave et mesuré, l'homme que voici, père d'un certain Laban, prétend que tu as méchamment attaqué son fils par surprise, que tu l'as frappé au point de le laisser à demi-mort et que tu lui as dérobé un couteau à lame fixe. Le fils Laban, assure-t-il, porte au front une bosse aussi grosse qu'un œuf d'oie et bleue comme un champ de luzerne, quoique je doute fort que les habitants de ce village n'aient jamais vu, de leur vie, une oie ou même un champ de luzerne. On sait assez qu'ils ne nagent pas dans l'opulence.

Celui qui réclamait le «prix du sang» tenta d'esquisser une timide protestation, mais, d'un geste de la main, Christophe lui imposa silence. Michaël exposa brièvement et comme à contrecœur, mais en toute clarté, ce qui s'était passé. Quand il eut terminé, le maire, dont les yeux brillaient, se leva :

— La sagesse de Dieu, dit-il solennellement, nous avait accordé une double protection, afin que nos voisins ne se laissent pas aller à l'arrogance. Moi, soit un maire qui veille sur eux et un taureau qui s'appelle Bismarck. Un troisième protecteur nous échoit à présent : la volonté de Dieu a placé un berger en sentinelle, face à tous les Cananéens. Après cela, je crois qu'il n'y aura – Monsieur – rien à ajouter.

Et d'un geste majestueux, le roi Christophe montra la porte au père de Laban qui, sans insister, se glissa dehors, secouant sa tête grise, en signe de découragement.

***

À partir de ce jour, Michaël fut regardé comme un héros. Dans l'histoire de bien des peuples, l'héroïsme ne commence-t-il pas souvent ainsi, par une bosse qui grossit au front de l'adversaire ? Mais l'histoire ne dit rien de tout ce qui a précédé cette bosse, elle tait aussi la douce fierté qui s'éveille, après de tels exploits, dans le cœur des fils du peuple victorieux.

Mais si grande qu'ait été la gloire de Michaël, le maire ne vint pourtant pas lui remettre, de ses mains, une couronne royale, non plus que les femmes du village ne se réunirent pas pour lui confectionner un manteau de pourpre. Quant aux jeunes gens du village, bien qu'ils considèrent cette victoire comme la leur propre, ils étaient si fort ignorants des habitudes du monde que l'idée ne leur vint même pas d'organiser à l'intention du héros une de ces brillantes retraites aux flambeaux par lesquelles les cœurs juvéniles aiment d'ordinaire à témoigner leur gratitude.

On accueillit tout d'abord avec enthousiasme la proposition, faite par le fils du maire, de donner désormais au jeune chef le nom de David, mais l'idée apparut beaucoup moins séduisante quand on s'avisa que ce nom était aussi celui d'un colporteur de l'arrondissement, qui allait vendre, de village en village, des bretelles, des perles de verre et des nœuds de ruban pour les cheveux : car tout le monde avait pu malheureusement remarquer qu'il boitait de la jambe gauche, et son aspect physique non plus que son attitude courbée – son magasin sur le ventre devait y être pour quelque chose – ne permettaient guère de le croire capable de soutenir victorieusement un combat héroïque contre Goliath, ni même contre Laban.

Les choses restèrent donc, en apparence, ce qu'elles avaient été. Seulement, il arriva plus souvent qu'une femme du village pose la main sur les cheveux blonds de Michaël, quand il lui rapportait sa vache ou sa chèvre à la porte de la ferme ; ou bien c'était un paysan qui lui demandait, appuyé à la clôture du jardin, ce qu'il pensait du temps et hochait la tête d'un air pensif, à sa réponse, en interrogeant du regard les nuages du soir.

Michaël poursuivait son chemin d'un air tranquille, pieds nus, dans la poussière du chemin, la corne d'écorce en bandoulière, la fronde dans sa main bronzée. Il n'était pas sans remarquer tout le respect, la sympathie et l'affection qu'on lui témoignait; mais ses désirs étaient peu nombreux et leur objet limité. Ce lui fut une aide précieuse, en ce temps qui n'était pas pour lui sans péril, de passer chaque matin, avec son troupeau, devant la clairière où, tout jeune enfant, il était resté assis près de deux hommes très calmes dont l'un avait la bouche pleine de terre et l'autre des yeux immobiles qu'il avait dû protéger avec une branche de tilleul.

Rien de tout cela ne se voyait plus à présent. Des roses épilobes s'entrelaçaient sur la souche brune du sapin; l'herbe avait poussé sur les traces de la chute; seul, le pinson, caché dans les plus hautes branches, laissait encore tomber sur la forêt son chant doré qui cherche le paradis sans jamais le trouver. Cependant, aux yeux de Michaël, le passé surgissait à nouveau, chaque matin, sans tristesse et sans angoisse, mais avec une solennité qui le mettait en garde contre l'oubli. C'était comme s'il lui était à jamais interdit d'être bruyant sur cette terre où, encore enfant, il avait senti tant de silence.

De sa première bataille contre un homme, il ne retira qu'un bénéfice, qui lui causa une grande joie : l'amitié que lui portèrent les garçons de son âge, que la naissance et la fortune élevaient si au-dessus de son humble condition qu'ils lui semblaient presque inaccessibles, bien qu'ils ne soient pas différents de lui par leur manière de vivre, leurs penchants et leurs aversions. La vie du village et du canton était soumise à des lois tacites qui, sans copier celles du grand monde et sans reproduire son échelle des valeurs, n'en restaient pas moins attachées à la richesse et à l'autorité, et même à ce que le peuple entendait par éducation et distinction. Ni Christophe, le fils du maire, ni les deux fils du garde forestier, ni Adam, le fils du gros propriétaire, n'avaient jamais dédaigné de passer l'après-midi avec Michaël : ils étaient ses élèves dociles et reconnaissants dans l'art de dénicher les oiseaux de proie, de capturer les vipères et de pêcher les écrevisses. Mais il ne leur serait jamais venu à l'idée de venir chercher leur jeune professeur pour l'introduire, lui, le libre braconnier, dans l'enclos gardé de leur vie et lui révéler les secrets des maisons et des jardins de leurs parents. Ce qui leur semblait naturel les jours de semaine demeurait banni de leurs dimanches.

Or depuis son éclatante victoire et surtout à cause de sa modestie et de sa dignité après le triomphe, les rapports des grands personnages du pays avec leur plus humble serviteur Michaël ne furent plus alourdis de cette condescendance dont il avait souffert en secret. Certes, on n'allait pas jusqu'à le convier à quelque festin, le soir, au château : ses vêtements en loques et ses pieds toujours nus eussent d'ailleurs rendu la chose difficile. Mais il arrivait maintenant qu'Adam lui apportait le bonjour de ses parents ; Friedrich et Wilhelm, les fils du forestier, lui remirent même une vieille carnassière en cuir dont leur père lui faisait cadeau, pour l'honorer. Christophe, lui-même, le prince héritier, et comme tel plus exposé que d'autres à la jalousie, alla jusqu'à risquer, sur la fameuse dent d'or, une remarque malicieuse qui montrait bien que, pour lui, le courage et l'adresse d'un petit poing bronzé l'emportaient sur l'éloquence d'une bouche dorée et sur la possession d'un taureau, même porteur d'un nom illustre.

Cependant, cette élévation au-dessus de son humble origine ne put rompre l'équilibre de la vie paisible de Michaël qu'aucun duel intérieur ne faisait souffrir. À mesure qu'un nouvel été venait s'ajouter aux étés passés, il devait écouter parfois, en silence, assis auprès de ses amis, les savantes choses qu'ils venaient d'apprendre dans leurs collèges ou les descriptions grandioses qu'ils lui faisaient, avec une innocente vantardise, de la vie citadine. Quand une pointe de mélancolie menaçait de ternir les eaux calmes de son existence rustique, il l'écartait tout de suite et, fixant les yeux de ses amis qui n'avaient plus le même regard, il disait en souriant :

— Oui, il se peut bien qu'un professeur soit un personnage considérable et il est certainement fort utile au grand monde. Mais ce serait une bonne farce à lui faire que de le mettre par exemple devant Bismarck, quand il lui prend envie de soulever la terre avec ses cornes, et de le charger de ramener à l'étable le fougueux animal…

Et il ajoutait en conclusion :

— Il faut qu'il y ait des professeurs, mais il faut aussi qu'il y ait des bergers. En vérité, ce serait triste de vivre sur une terre qui n'aurait plus besoin de bergers… Oui, je crois que ce serait bien triste.

À ces paroles, ses amis hochaient la tête sans le contredire. Et le temps de cet instant, si quelqu'un leur avait proposé de faire échange avec Michaël, aucun n'aurait hésité une seconde. Ils auraient abandonné, avec un fier sourire, les cravates bariolées, les élégantes jeunes filles et les odes d'Horace pour connaître aussi bien que Michaël l'art de lancer la pierre avec une fronde, pour savoir comme lever la corne d'écorce dans le ciel du soir et la faire sonner si fort que les sons éclatants semblaient empourprer les nuages qui montaient du bord des marais au-dessus du monde tout résonnant de cette joie sonore.

Ces quatre personnages importants du pays étaient les seuls que Michaël juge dignes de participer à l'événement qui, une ou deux fois par été, interrompait, ainsi qu'une grande fête, le cours rigoureux de sa vie : la garde nocturne des chevaux. À vrai dire, un village qui ne comprenait que trois grandes fermes et deux groupes de chaumières ne pouvait pas offrir ce qui hantait en rêve l'imagination ardente du jeune Adam : une bande de mustangs fiers et sauvages, avec un coursier noir auprès duquel celui de Winnetou[1] serait passé pour un frère lourdaud et arriéré.

Le village ne possédait même pas un cheval d'attelage léger, ignorant des corvées paysannes ; mais il y avait quand même quinze chevaux et poulains,

1. Héros apache inventé par Karl May (1842-1912) l'un des écrivains allemands les plus vendus dans le monde. Il est resté célèbre pour ses romans d'aventures se déroulant dans le Far West.

assemblés dans la cour de la mairie. Et ce qui flottait sur leurs corps luisants et chauds, ce n'était pas le pauvre air renfermé d'un village au bord des marais, mais le grand parfum sauvage des prairies aux étendues illimitées. Lorsqu'ils levaient la tête, dressant leurs oreilles finement veinées, et que leurs naseaux humides humaient le lointain, par-dessus les cheminées qui fumaient dans le soir, ce n'était pas le lointain tout proche de la forêt ou des rivages du lac, mais celui d'un autre continent où un soleil, couleur de sang, se couchait dans une indicible solitude ; et sur les bords de ce continent il y avait les exploits des héros, le nimbe de la gloire et la pâle clarté d'une mort solitaire et à jamais mémorable.

L'après-midi Christophe, le prince héritier, était monté sur le toit de sa grange et avait agité un semoir blanc jusqu'à ce qu'une réponse lui vienne de la tour du château et du toit de la maison forestière. C'était un signal convenu depuis longtemps. Maintenant, à la tombée du soir, quand l'air sent le foin et le lilas, ils se rassemblent dans la cour de la mairie. Munis chacun d'une fronde en coudrier, d'un arc et de flèches à pointes de fer, ils tiennent au bras une lance de bois taillée en pointe.

Les deux fils du forestier, ceux dont la profession se rapproche le plus de celle de guerrier et de coureur des bois, attirent tous les regards du village. On admire leur équipement singulier : une boîte à herboriser, verte, où sont peintes des fleurs écarlates, une carabine de calibre six millimètres pour tirer à balles ou à plombs, merveille de la technique occidentale, qui fait penser aussitôt à des buffles abattus, à des Indiens comanches qui tombent foudroyés et aux Laban de tous pays qui expirent en grinçant des dents.

Ils restent immobiles, à côté des chevaux, l'air grave, comme s'ils allaient livrer la plus grande des batailles. Mais voici Michaël. Il arrive pieds nus, comme toujours, circonspect, sérieux, silencieux. Il n'a pas de fusil, ni d'arc, ni de lance. Il tient seulement son manteau de berger sur le bras et sa fronde à la main. Il regarde ses amis avec un léger sourire qui fait apparaître plus vieux son jeune visage et lui donne une étrange impression de bonté. Après avoir passé sa main gauche dans la crinière de son coursier, il dit à voix basse :

— À cheval !

Michaël prend la tête avec trois chevaux, les autres viennent derrière. Ils ont un bridon mais ni couverture ni selle. Les poulains suivent comme des veaux, chacun se guide sur l'homme qui est devant lui, la pointe de la lance près de l'oreille droite du cheval.

— Mon Dieu, dit à mi-voix la femme du maire, quelle chevauchée !

Et à son accent, on se dit que tout cela est tragique et grandiose. Mais les jeunes cavaliers n'entendent pas sa voix et regardent par-dessus les gens et les toits vers un lointain sans bornes, qui les attend en silence.

Quand ils ont dépassé la dernière chaumière, Michaël lève la main et ils prennent le trot. Rougeâtre encore, la poussière les enveloppe. L'aigle pêcheur retourne à son aire, traversant des nuages touchés de rayons, et des brouillards s'élèvent au-dessus du ruisseau des aulnes. La campagne est vaste, vastes les prairies et lointaine la forêt. L'odeur des chevaux, âcre et douce à la fois, les suit comme un nuage, les soulève, les enivre comme s'ils allaient maintenant s'envoler.

Ayant atteint la hauteur, sous le chêne meurtri par la foudre, Michaël enfin se retourne, lance un seul cri, inarticulé et magnifique, au-dessus de leurs têtes, et les voilà qui descendent au galop, impétueusement, à travers landes et marécages, brumes et broussailles. Ils s'enfoncent vers les rives chaudes et humides, sautent le fossé aux loutres, décrivent un dernier cercle, tirent sur les rênes et s'arrêtent : ils sont arrivés.

Peut-être à ce moment-là seraient-ils prêts à mourir pour Michaël, pour leurs chevaux, pour le village, pour leur pays. Mais l'occasion leur fait défaut, alors en attendant ils attachent les chevaux les uns aux autres et plantent leurs lances en demi-cercle, devant l'entrée de la hutte en roseaux. Ensuite ils ramassent du bois et en font un grand tas au milieu de la prairie. Ainsi commence la nuit…

La prairie appartient à tout le village. Elle touche au lac et semble jaillir du rivage comme une flèche qui file dans la forêt. Le gazon est chaud, et des araignées courent sur les brins d'herbe. La forêt s'étend derrière eux, comme un monstre, et les oiseaux qui se préparent à dormir agitent doucement le feuillage. L'eau noire du ruisseau coule et fuit au pied des aulnes, et le premier héron atterrit dans les roseaux, en poussant son cri enroué. Du brouillard flotte aux pieds des chevaux : au-dessus de ces linges blancs, leurs corps enflent en des formes gigantesques.

Michaël bourre sa petite pipe de bois avec du trêfle séché. Il fume, étendu dans l'herbe, appuyé sur son coude droit.

— Aujourd'hui, il pourrait venir…, dit-il d'un air grave.

— Qui donc? demandent-ils à voix basse, et Adam saisit sa lance.

— Le loup des marais, répond tranquillement Michaël, et il regarde lentement, un à un, ses compagnons rangés devant lui. Le pic noir a lancé son appel et une pie a volé sur mon chemin.

Son âme est pleine d'histoires. C'est la forêt qui les fait éclore, la solitude et le silence. Il n'a pas besoin d'apprendre des odes latines. Des semaines passent où la pluie tombe en bruissant sur les forêts et pendant lesquelles, étendu sous un pin dont les longues branches retombantes l'abritent, enveloppé dans son manteau de berger, il écoute les voix qui viennent des profondeurs. Des orages, formés sans bruit derrière les marais, se lèvent par-delà les hautes futaies; du brouillard flotte sur la forêt d'aulnes, d'invisibles oiseaux lancent d'en haut leurs appels, et tout cela tombe dans son âme solitaire. Personne ne lui vient en aide, il est tout seul, avec Bismarck et Wotan et le troupeau et une petite fronde en coudrier.

L'étoile du soir brille au-dessus des sapins, mais elle est froide et lointaine; et ils ne savent pas si elle ira vers leurs maisons pour appeler au secours, quand l'heure sera venue.

— Il faut dire : au nom du Père et du Fils et du Saint-Esprit, murmure Adam.

Adam est fils de riches, mais il a l'esprit lent. Ses yeux sont bien trop grands pour son petit visage, et sa mère doit se rendre chaque année dans les montagnes et habiter une maison tranquille où il y a beaucoup de gens très pâles et un homme, vêtu d'une blouse blanche, qui s'efforce patiemment de les faire sourire ou bavarder et de les occuper à quelque menu travail.

Pensif, Michaël le regarde. Il connaît la femme délicate et pâle qui a enfanté Adam et il a pour lui autant de soins que pour un jeune agneau né avant les gelées nocturnes.

— Si le Loup des marais apparaît, dit-il, très calme, il faut le regarder en face et lancer la pierre de fronde juste entre les deux yeux.

— Si nous allumions du feu ? demande Adam, tout bas.

Mais Michaël secoue la tête. Un bruit de branches brisées dans la forêt… et Friedrich, silencieux comme son frère, glisse une cartouche dans le canon de sa carabine. On dirait que sa main tremble un peu.

— C'est un chevreuil, dit Michaël. À la guerre, c'est la même chose, pendant la nuit…

Cette parole les a remis d'aplomb. De nouveau la forêt est chaude et belle, les chevaux broutent l'herbe tranquillement, l'étoile luit aussi claire que sur une prière du soir. Au-delà du lac, une lumière s'allume et brille, seule, dans l'obscurité. Ils discutent pour savoir si c'est chez la mère de Michaël ou à la ferme de Christophe.

La nuit précédente, Christophe avait vu une lumière sur le marais. Elle allait au hasard, s'arrêtait, repartait. C'était une lueur fatiguée qui tout à coup sombrait.

— Ma mère ne fait pas de feu, dit Michaël. Seulement en hiver.

Rien n'aurait pu, mieux que ces paroles, leur faire comprendrc qu'il est pauvre. Alors ils ouvrent leurs paquets et commencent à partager. Une grosse bouteille de café passe de main en main. Christophe l'a apportée : c'est à Michaël qu'il la tend d'abord.

Tout est blanc autour d'eux maintenant, et les aulnes se dressent comme des tours sur cette lueur laiteuse.

— Tout est dans la brume, dit Adam. Les professeurs, s'ils pouvaient être là, seraient aussi peu à leur place que des maisons. Oui, les professeurs, avec leurs odes, ils ne pèseraient pas lourd dans ce monde sauvage !

— Nulle part dans la Bible, remarque Christophe, il n'est écrit que Dieu ait créé les professeurs. Seulement le soleil et la lune et tous les animaux et toutes les plantes et enfin Adam et Eve…

Christophe a une grosse tête un peu lourde et il n'aime pas les professeurs.

Derrière eux, le premier hibou s'éveille et ulule dans le chêne. On ne voit que le noir opaque de la forêt et l'on dirait que ce sont les ténèbres mêmes qui appellent.

— C'est vrai qu'il s'annonce ? demande Adam qui ne cesse de penser au loup des marais.

Mais ils ne répondent pas. Il est difficile de savoir si ce sont les maîtres qui ont raison ou la mère de Michaël, quand elle raconte des histoires, assise, le soir, sur le pas de sa porte.

Seul Christophe regarde autour de lui avec inquiétude.

— C'est par une nuit pareille, dit-il, que Heinrich est revenu. Ils lui avaient tiré un coup de fusil dans la jambe pendant qu'il braconnait et il revenait de l'hôpital ou de prison. Ce soir-là aussi, on avait entendu un appel. Le cheval brun était malade, et je devais rester assis devant l'étable. J'étais encore tout petit. J'ai bien entendu le bruit. C'était un craquement à chaque pas et au-dessus, il y avait quelque chose de sombre, comme si un cheval marchait sur le marais. Et alors Heinrich est revenu sur des béquilles et sa jambe droite était coupée. Personne ne l'avait su, car il n'en avait rien écrit dans ses lettres. Il avait une boîte de carton attachée sur le dos… et cette fois-là aussi le hibou avait appelé.

Tous se taisent et le silence de la nuit est immense. La Grande Ourse flamboie au-dessus des forêts et de nouvelles étoiles surgissent sans bruit des cimes des arbres.

— Il fait jour maintenant en Nouvelle-Zélande, dit Wilhelm, et ces mots font paraître le monde plus vaste encore.

De nouveau un bris de branche, à la lisière de la prairie. Michaël se lève.

— Nous allons faire du feu, dit-il simplement.

Dans le cercle rouge, tout apparaît proche, vivant et chaud. Un cheval émerge de la brume, les regarde longuement avec des yeux qui brillent avant de replonger dans l'obscurité. Dans la cendre chaude, ils font rôtir des pommes de terre ; ils parlent de l'automne qui va venir et qui les ramènera dans leurs collèges, et de Heinrich qui s'est pendu à une poutre dans le grenier, parce qu'avec une seule jambe il ne pouvait plus labourer, du « Soldat » qui épaulait sa hache comme un fusil et imitait les coups de feu, du pays qu'ils sauraient défendre si les Polonais arrivaient et de l'homme sans tête, debout dans le fossé !

Et voici qu'on entend réellement cette fois, à travers la forêt, un pas lourd qui brise les branches et se rapproche… Ils sont prêts, frondes et lances à la main. Mais c'est le vieux Torfjohann qui, le jour, extrait un peu de tourbe, mendie et boit de-ci de-là, et qui maintenant rentre chez lui en trébuchant.

— Ah ! diables que vous êtes ! soupire-t-il, en choisissant la place la plus chaude. Ils ont du feu, comme les messieurs… oui.

Son visage a quelque chose de sauvage et de triste. L'éclat du feu fait pleurer ses yeux. On lui donne des pommes de terre et du pain. Il refuse le café, mais il fume une pipe bourrée avec le mélilot de Michaël. Le vieux Torfjohann ne parle pas beaucoup et il semble qu'il y ait autour de lui comme un grand espace, un grand destin, inaccessible encore à leurs cerveaux d'enfants.

— Oui, dit-il, le monde est vaste… très vaste… je construirai un pont sur le marais et je passerai dessus pour entrer au paradis…

Il joint ses mains grises autour de ses genoux et regarde au loin.

— Au village, ils vivent comme des lézards, dit-il d'un ton de mépris, et vous aussi vous vivez de même, tout diables que vous êtes.

Ils ne lui posent pas de questions, car il leur fait peur. On raconte sur lui de vilaines choses et il porte aux oreilles des anneaux d'argent. Seul Michaël le regarde tranquillement.

— Va-t'en à présent, Torfjohann, dit-il, nous allons dormir.

Docile, Torfjohann se lève.

« Le monde est vaste, répète-t-il, et quelqu'un m'attend à la tourbière. »

Son ombre traverse le cercle rouge, se profile sur le mur de brume et disparaît. De nouveau, un bris de branches dans la forêt…

Le râle rouge appelle derrière le village : ils se roulent dans leurs couvertures. Seul Michaël reste assis, le regard baissé sur le feu. Bien des pensées l'agitent et, avant que leurs yeux se ferment, ils voient son front clair qu'empourpre le reflet du brasier. «Tant d'étoiles, songe encore Adam, tant d'étoiles ! Elles veilleront à ce que le loup des marais ne vienne pas…»

Au lever du jour, un cri d'Adam. Il crie si fort qu'il les arrache au sommeil, et ils restent un moment sans comprendre. La jument brune de chez Christophe est là, au-dessus de lui, et ses nasaux flairent amicalement son visage. Tout près du feu, son corps apparaît gigantesque, comme surgi d'un rêve, et Adam a cru, en s'éveillant, que c'était le loup des marais qui lui pesait sur la poitrine.

Ils se moquent de lui, même si eux aussi sont bien pâles et jettent discrètement des regards inquiets autour d'eux. La brume a disparu. Il y a de la rosée sur l'herbe et les roseaux et, au-dessus de la forêt, une grande porte rouge se dresse, solennelle.

Michaël se lève aussi et les regarde en souriant.

— Faites chauffer du café, dit-il, je vais vous chercher un brochet.

Est-ce qu'il n'aurait pas dormi ? À cette question, il secoue la tête.

— Il pouvait se passer pas mal de choses, dit-il, en regardant vers la forêt. Il y a eu là, longtemps, comme une tête grise, et les chevaux soufflaient et se tenaient étroitement serrés… puis un homme a traversé les marais en chantant, au loin ; et ce fut tout… Maintenant, allez chercher encore du bois. Je reviens tout de suite.

Il plonge dans les roseaux et leur fait des signes avant de disparaître. Le soleil se lève ; sa lumière rouge baigne les chevaux au repos. Une fine buée traîne sur leurs corps.

— Comme c'est beau ! dit Adam qui regarde avec un visage radieux.

***

La chaleur de ce moment se refroidit vite, et plus tard ils comprirent que cette nuit-là avait été la dernière de leur enfance, nuit assombrie de lourdes angoisses, comme les nuits des peuples jeunes, mais éclairée aussi, comme jamais plus, d'un soleil matinal, d'une force juvénile et confiante, d'une amitié prête à braver la mort.

Mais quand l'été fut terminé, Michaël se retrouva seul. Les autres revinrent bien comme d'habitude pendant les vacances ; mais ce n'était plus la même chose. Ils amenaient de jeunes amis, des messieurs en herbe qui regardaient Michaël et ses talents avec une froide réserve, observant avec sympathie son maniement de la fronde et appréciant sans comprendre le rôle du taureau Bismarck. Le jour où Michaël leur proposa de lever un nid d'aigle pêcheur, ils refusèrent pour la première fois, avec des excuses embarrassées, parce que précisément ce jour-ci ils devaient rencontrer quelques jeunes filles – « des oies, naturellement ».

Alors il changea de pâturage, s'enfonça derrière les marais au fond des bois humides. Au retour seulement, il aperçut des cavaliers qui venaient à travers la lande, des robes blanches parmi eux, des bras levés qui le saluaient. Il les suivit du regard un instant et, très calme, s'engagea dans la grande rue du village.

Ce soir-là, il observa sa mère à la dérobée. Elle était assise, petite et courbée devant le métier à tisser : la navette allait et venait sans arrêt entre ses mains, ajoutant fil à fil au tissu qu'il ne voyait pas encore. Il appela le chien à lui, sur le seuil, et posa sa main sur son poil chaud. Et ils restèrent ainsi longtemps, le regard fixé sur le village tandis que la nuit tombait et que les étoiles surgissaient comme chaque soir. Les voix se taisaient une à une… Et bientôt il n'y eut plus que les oiseaux de nuit au-dessus de la terre silencieuse.

Un seul lien le rattachait encore, de façon inattendue, au passé : de temps à autre Adam venait le voir, tout seul et en cachette; il avait un sourire confus, comme s'il avait perdu son billet d'entrée. Et il restait là des heures entières, assis près de lui, sans un mot, ses grands yeux tristes fixés sur les marais; puis il se mettait à parler à voix basse, disant que la ville n'était pas belle, ni l'école, ni la pension, et que, bien loin d'être ce que d'autres pensaient, la vie était mauvaise, dangereuse et pénible.

Pensif, Michaël lui demanda s'il voudrait échanger avec lui. Oh! oui, il accepterait, tout de suite! Mais il savait que c'était impossible; non parce qu'il devrait un jour gérer le domaine, mais parce qu'il ne pourrait jamais apprendre toutes ces choses : guider Wotan d'un sifflement, porter les jeunes agneaux, ramener Bismarck à la raison quand il tentait de soulever la terre avec ses cornes ou qu'un désir de meurtre s'allumait dans ses yeux rougis. Il savait qu'il n'était bon à rien, qu'à rester assis près de sa mère et à tenir la main sur son front, quand venaient les cruelles migraines et les larmes amères contre lesquelles elle ne pouvait rien, et qui coulaient ainsi, vainement, le long de ses joues.

Alors Michaël le regarda comme il l'avait regardé jadis près du feu allumé cette nuit-là et il lui apprit pendant des heures à lancer la pierre avec la fronde, lui affirmant que c'était déjà beaucoup mieux que la veille. Au moment de partir, il se tourna encore une fois vers Adam pour lui dire qu'il ne fallait pas faire fi du pouvoir qu'avait sa main de dissiper les douleurs de sa mère. C'était là un grand don, et déjà dans la Bible, disait-il, l'imposition des mains était quelque chose de beau et de grand, de plus grand peut-être que le maniement de la fronde. Et il savait aussi que c'est David qui fut appelé, quand le mauvais esprit descendit sur Saül, le grand roi des bergers.

Avant de partir, Adam le remercia d'un signe de tête. Il semblait porter plus haut son front lourd, depuis que Michaël lui avait rappelé le don de David. Mais l'été suivant, Adam lui non plus ne vint pas le voir. Il avait dû partir avec sa mère vers ces montagnes où des hommes à blouse blanche essayaient d'apprendre le sourire à leurs hôtes. Adam arriva seulement aux derniers jours des vacances, juste assez tôt pour voir partir la femme peintre qui avait rendu la vie difficile à Michaël cet été.

***

Sans crier gare, cette femme peintre frappa chez le vieux maître d'école du village voisin – le même qui avait accueilli avec un hochement de tête préoccupé l'explication donnée par Michaël de la victoire de David. Elle déclara qu'elle cherchait justement une maison comme celle-là, à la lisière de la lande, avec des abeilles, des couronnes impériales et des pivoines, qu'elle aimerait s'installer là pour peindre ce pays, afin que les vaches des villes aient à nouveau de quoi ouvrir de grands yeux et elle conclut en disant avoir un appétit d'oiseau. Pour qu'il lui cède une mansarde, elle s'engageait même à faire la cuisine.

Devant l'empressement de la fougueuse jeune femme, le maître d'école Elwenspok fut d'abord troublé ; il tenta de secouer sa tête blanche, et considéra avec gêne et inquiétude les sandales de la dame, ses cheveux coupés court et sa robe mal ajustée. Toutefois son hochement de tête n'eut d'autre résultat que d'amener la femme peintre à tirer de son sac à dos un album de croquis. Aussitôt, elle lui mit les mains aux tempes, pour donner à sa tête la position convenable, et fit courir une fine pointe de charbon sur du papier gris argent. Aussitôt il obéit.

Il se tient tranquille sous ce regard sévère, devenu aussi froid que celui de l'inspecteur académique, à cette seule différence près qu'il n'était pas adouci par d'indulgentes lunettes.

— Le patriarche de la lande! dit l'artiste, et elle lui mit le dessin sous le nez, amusée de son ébahissement, et le pria de lui montrer l'escalier qui menait à sa mansarde.

Sans savoir si cette femme bizarre était vraiment animée de l'esprit de Dieu ou bien de quelque autre esprit étranger et dangereux, le vieil Elwenspok – devenu plus veule depuis la mort de sa femme – ne trouva pas le moyen de se soustraire à une si ferme volonté. Montant l'escalier derrière elle, il la conduisit dans la chambre de son fils unique qui étudiait dans quelque université lointaine. Il lui fit modestement remarquer le beau panorama qu'on y découvrait et appela sa gouvernante. Un quart d'heure après, il était de nouveau près de ses abeilles et tenait encore à la main le billet de banque représentant le montant du loyer, tout étonné de la rapidité avec laquelle les temps nouveaux submergent une tête blanche.

Quant à mademoiselle Tamara – c'était le nom harmonieux qu'elle se donnait –, elle amassait déjà, avec sa permission, des carottes et des pois gourmands dans un petit sac de cuir. Et bientôt, tenant sous ses bras nus, un album de croquis et chevalet, elle sortit par la porte du jardin et s'en alla en sandales brunes jusqu'au milieu de la lande où un soleil blanc luisait sur des genévriers bleuâtres, tandis que le cri-cri des grillons faisait comme un nuage sonore au-dessus des genêts.

— Elle est folle ! dit la gouvernante, occupée à poser de nouveaux rideaux à la fenêtre de la mansarde.

Monsieur Elwenspok se contenta de remuer la tête en souriant :

— Le Seigneur l'a envoyée, le Seigneur la reprendra, dit-il avec indulgence. Veille seulement à ce que tout soit bien propre pour cette jeune dame.

Mademoiselle Tamara prit donc possession de la lande, du marais et de la forêt avec autant de désinvolture qu'en s'emparant de la mansarde de monsieur Elwenspok et de son visage même, qu'elle emportait maintenant avec elle, sur papier gris argent, et qui resterait sa propriété. Loin d'être impertinente ou mauvaise, elle était seulement insensiblc aux usages. Elle abordait le monde en peintre, c'est-à-dire avec les yeux, et non avec des concepts et des jugements. Et comme le monde est d'abord exposé sans défense aux regards humains, elle s'aventurait sans aucune gêne sur le domaine. Mais pas plus qu'on ne saurait dire d'une abeille qu'elle pénètre sans gêne dans un jardin étranger, on ne pouvait pas non plus reprocher à mademoiselle Tamara sa liberté. Comme l'abeille, elle s'efforçait avec sérieux de récolter le miel du monde, bien que le résultat soit dans sa tête tout autre que dans celle de la plupart des gens.

Elle n'était plus aussi jeune que ses vêtements de jeune fille auraient pu le laisser penser. Elle avait passé la première moitié de sa vie à accueillir dans son esprit des idées philosophiques sur l'homme et sur le monde, espérant ainsi trouver pour sa vie une base aussi solide que celle qu'elle avait acquise depuis longtemps pour son art. Mais cela ne lui avait pas réussi, et on peut dire même qu'elle avait entièrement échoué. En effet, ce qu'il y a de flétri et de fatigué chez les hommes des villes d'Occident et dans leurs philosophies ne pouvait longtemps suffire aux exigences de sa nature vive. Peut-être aussi de justes lois empêchent-elles la perpétuelle volonté de possession de connaître un repos que seule la volonté de donner peut procurer.

Elle était arrivée dans cette maison, à la lisière des landes, au moment où s'était creusé un val entre deux hautes lames de son existence. La vague tombante de ses expériences infructueuses se divisait et se dissipait mollement. La vague montante ne faisait encore que s'assembler, sans pouvoir déterminer sa force ni sa direction. Même son régime végétarien, adopté en cette période, était moins un jeu que le symbole d'une fatigue, d'une pause dans la vie. En effet, carottes et cacahuètes ne sauraient aller de pair avec l'élan d'une passion neuve, tendue vers un nouveau but artistique ou vers un homme nouveau dont le sang et l'adoration redresseraient sa vie comme une grande vague mugissante.

Dans cet état d'esprit troublé qui n'était pas sans danger pour elle-même et pour ceux qu'elle rencontrait sur son chemin, elle pénétra dans la solitude estivale d'une campagne mélancolique. Dès le début de son séjour, elle vint perturber le cours paisible et régulier des journées de Michaël. Du haut d'une colline de la lande, à la lisière de la forêt marécageuse, elle avait aperçu un troupeau qui cheminait lentement, et peut-être son regard toujours avide avait-il eu soudain la vision d'un second patriarche. Appuyé sur un grand bâton, son chien à ses pieds, ses yeux clairs, comme lavés par la lumière du jour, regardaient sans doute bien loin de là, dans un lointain passé, peut-être jusqu'en ces temps lointains où la dignité royale pouvait encore se poser sur un front de berger.

Alors, avec sa franchise habituelle, elle n'avait pas caché sa surprise en voyant Michaël s'amuser, avec la fronde, à lancer des pierres dans le soleil, le visage grave, pareil à un petit-fils des Titans révoltés qui frappait à la porte d'or des dieux. Elle regretta amèrement de n'avoir pu retenir une exclamation d'étonnement et d'avoir instamment prié Michaël de recommencer ce jeu avec le même geste, celui-ci la regarda sans comprendre, d'un air sombre et déconcerté, et répondit en secouant énergiquement la tête, comme si elle avait demandé quelque chose d'incongru.

Mais il ne put empêcher l'artiste de rester près de lui, penchée sur un grand livre où le monde apparaissait à nouveau d'incompréhensible façon. Il ne put éviter qu'elle lui pose des questions auxquelles il lui fallait répondre, ni que sa propre image, qu'il n'avait jamais vue que sur une eau tranquille, n'apparaisse soudain, fixée sur un papier gris. Alors le même charme qui de tout temps avait su prendre dans ses filets la chaste nature placée devant son reflet artificiel agit sur Michaël.

Il regarda avec étonnement le repas qu'elle prenait et les anneaux de fumée bleue qu'elle tirait savamment de sa cigarette. Obscurément une voix secrète le prévenait d'un danger. Il refusa de goûter à ce qu'elle lui tendait, mangea son pain noir, but le lait qu'il venait de traire dans un pot sous les yeux ébahis de l'artiste. Puis, appuyé sur son bras droit, il se mit à fumer sa courte pipe et son regard erra sur le marais au-dessus duquel, dans l'air scintillant, planait un faucon qui battait des ailes.

Interrogé sur sa vie et ses pensées, il donna quelques détails avec parcimonie en reculant chaque fois un peu plus devant cette personne dont l'aspect et le langage lui étaient étrangers, qui le déconcertait par sa loquacité et faisait irruption dans son monde à lui comme si, munie d'un ticket d'entrée, elle pouvait s'y conduire familièrement comme chez elle. Cependant, quand elle demanda si elle pouvait revenir, il ne trouva pas le moyen de répondre non. La question avait d'ailleurs été posée avec un tel sourire qu'il semblait bien que la réponse ait été sans importance, et qu'un refus n'aurait aucune chance d'être respecté.

Après un instant il lui fit remarquer que ce n'était pas bon de venir avec des chaussures basses dans la forêt marécageuse que hantaient les vipères. Comme elle objectait qu'il allait lui-même pieds nus, il répondit sans aménité que cela dépendait des personnes, que ce n'était pas la même chose de savoir marcher les yeux fermés dans une contrée où l'on a grandi et d'avoir été élevé à la ville où les vipères n'allaient pas, à sa connaissance, se promener dans les rues.

À cela, le chevalet déjà sous le bras et abaissant son regard sur ses jambes brunes, elle répondit qu'une morsure ne serait pas bien grave puisqu'il serait toujours à proximité pour sucer la blessure.

La remarque irrita l'esprit de Michaël le reste de la journée. Comme il n'avait pas appris à analyser les états d'âme, il crut, comme toutes les natures simples, que ce commencement de destruction de son propre monde était dû à quelque sort qu'on avait jeté sur lui et contre lequel il ne connaissait encore aucun moyen de défense. Il était évident que le plus efficace serait d'abord d'éviter le cercle où s'exerçait ce charme ; il résolut donc de mener son troupeau au-delà du marais le lendemain matin et aussi de ne pas porter à ses lèvres la corne d'écorce. Mais il ne réussit pas à écarter la vision de l'étrangère, qui le poursuivait ; le soir venu, il était sombre et taciturne quand il prit la rue du village et aussi quand sa mère lui demanda, après souper, s'il avait rencontré la sorcière des marais.

— Ça se pourrait bien, répondit-il.

Il troqua son air absent par un sourire confus quand sa mère lui recommanda certains psaumes particulièrement efficaces, et lui conseilla de se frotter vigoureusement les paumes et le front avec le suc de la fleur jaune appelée « herbe des blessures de Jésus ».

Le lendemain matin, la demoiselle Tamara fut très effrayée quand elle le retrouva, au même pâturage d'ailleurs : il portait au front une marque couleur de sang, comme une vilaine plaie. D'un air sombre, il bafouilla que c'était un suc contre les taons et les moustiques ; elle lui jeta un regard incrédule et, prenant cette fois des couleurs à l'huile, elle se tourna vers le paysage qui s'étendait devant eux, vaste et mélancolique.

La veille au soir, monsieur Elwenspok lui avait raconté, avec une fierté mêlée à l'appréhension de révéler un mystère, toute l'histoire de ce si singulier berger. Elle était assez avancée dans la connaissance du cœur des originaux vivant en solitaires pour comprendre qu'il fallait ici procéder avec douceur et circonspection, si elle ne voulait pas détruire, dès le début, toute la captivante nouveauté de cette aventure.

Sous le soleil étouffant de la forêt marécageuse, ils passèrent toute une journée en n'échangeant que de brèves paroles. À de longs intervalles, Michaël passait derrière le chevalet, jetait, sans rien dire, quelques regards sur le paysage qui grandissait merveilleusement, puis reprenait son grand cercle autour du troupeau dispersé. Parfois, il disparaissait derrière les saules et les aulnes, puis revenait de très loin, tenant des framboises dans un corbillon tressé ou un papillon aux reflets sombres et, sans une parole, il déposait le tout auprès d'elle, comme si c'était un tribut que lui devait tout ce pays.

Ainsi passaient les jours, comme abrités d'un même nuage immobile, sous lequel on parle bas, de peur qu'il n'éclate en orage. Si troublante qu'ait été pour Michaël l'arrivée de l'été, il était cependant facile de voir qu'un charme bien plus profond avait touché la demoiselle Tamara. Elle maîtrisait avec peine sa nature, habituée à saisir, toujours et partout, ce qui l'attirait, pour y découvrir la chose nouvelle qui donnerait une base enfin stable à sa vie inquiète.

À l'inverse, aussi bouleversé que Michaël soit par ce sentiment tout nouveau, il portait en lui, de par sa naissance paysanne et son univers masculin, une crainte instinctive d'aller intégralement se perdre au contact de ce qui lui paraissait étranger et hors d'atteinte. Une honte inconsciente le retenait de se livrer, lui, le maître du troupeau, pour ainsi dire attaché à lui, à cette chose qui, dans la vie obscure des bêtes, était toute naturelle, mais qui, transférée en pensée dans sa propre vie, l'inquiétait et le mettait sur la défensive.

Quelques semaines plus tard, après que la demoiselle Tamara finit de peindre le visage de Michaël, la naïve confusion avec laquelle il regardait son portrait la fit céder trop vite à sa passion et elle ferma d'un baiser sa bouche entrouverte. Mais il lui fallut bien constater, outre le trouble profond de l'enfant, sa résistance croissante, presque hostile, et elle fut obligée d'atténuer le sens de son geste par une plaisanterie embarrassée. Elle se hâta d'expliquer qu'elle avait obéi à la fois à un élan de tendresse maternelle et à la joie d'avoir réussi une œuvre d'art.

Le lendemain soir, face au danger qu'il courait, le secours suprême vint à Michaël d'un jugement de sa mère, un peu brusque dans sa simplicité, mais catégorique et sans appel. Assise à son métier à tisser, elle se retourna et lui dit qu'une dame peintre lui avait proposé, avec de douces paroles, de faire son portrait. Mais l'affaire ne s'était pas faite, car une servante du domaine ayant été prise des douleurs de l'enfantement, on était venu la quérir. Michaël demanda discrètement comment était la visiteuse et la mère répondit, en se retournant vers son métier à tisser :

— Elle sent… comme une chèvre.

Ce jugement brutal, probablement inspiré par la sagesse maternelle, rencontra d'abord une résistance chez celui qu'il atteignait. Or quand il l'eut interprété selon son expérience de berger, il exerça peu à peu en lui un effet secret, bien propre à rétablir l'acuité de son regard.

Pourtant c'est de Tamara, elle-même, que devait venir le coup final; un juste destin voulut qu'il soit provoqué par une grave erreur dont l'artiste se rendit coupable, parce qu'elle était, dans ses exigences, aussi impatiente que déterminée. Ayant vécu dans un milieu où le nu de la représentation s'associait aisément au nu de la vision et de la pensée, elle n'avait pas pris garde que l'âme juvénile de Michaël ne pouvait pas comprendre sa langue. C'est seulement bien des années plus tard qu'elle s'en rendit compte.

À la fin de cette semaine, devant Michaël elle souleva l'étoffe qui recouvrait un tableau peint à son insu : Michaël était représenté la fronde en main, comme elle l'avait aperçu la première fois, mais le corps sans voile, tel que sa mère seule avait eu licence de le voir. Ce qui se produisit alors la surprit fort tant cela lui paraissait inconcevable. Après être demeuré quelques instants comme pétrifié, tandis que le sang lui montait au visage, Michaël saisit la toile à pleines mains, la déchira en deux, chiffonna les morceaux en boule, les piétina, puis se baissa pour ramasser sa fronde. Le regard de ses yeux sauvages laissait clairement deviner son intention de lancer la première pierre à celle qui avait impudemment pris possession de lui, avant qu'il soit lui-même consentant. Naturellement, elle s'enfuit, comme devant un fou et, la déception de ses sens se transformant en une violente colère, elle l'injuria de loin, avec de grossières paroles. Tout aussi naturellement, elle quitta, le soir même, la maison de monsieur Elwenspok, non sans s'être plainte à lui, en termes durs, de « ce pays de primitifs » où non seulement les taureaux, mais, semblait-il, les hommes aussi portaient un anneau dans le nez.

Adam, qui venait de rentrer de voyage, fut le témoin épouvanté de cet éclat de passion dédaignée. À peine de retour au village, il ne comprenait rien à l'affaire ; mais monsieur Elwenspok, hochant la tête d'un air à la fois soucieux et soulagé, lui demanda s'il n'avait pas rendu visite à Michaël. Adam fit non. Alors il le chargea de lui présenter ses salutations et il ajouta ces mots, qu'il le pria de répéter fidèlement : « Ce n'est pas seulement dans un troupeau de truies que Belzébuth aime faire irruption. »

Quant à Michaël, il se tint caché, tout le reste du jour, dans la forêt marécageuse, comme s'il avait été sali. Il était très tard quand il rentra, et déjà on le guettait anxieusement. Après une nuit sans sommeil, il reprit sa tâche journalière, toujours aussi calme en apparence. Mais il trouva seulement un peu de consolation et une justification après être resté assis, pendant une heure, de bon matin, dans cette clairière où, plusieurs années auparavant, un jour inoubliable avait marqué le début de sa vie consciente.

Il comprenait bien ce qui venait de se passer, de façon si nette et presque brutale ; mais il ne se rendait pas compte qu'il en est souvent ainsi dans la vie des hommes. La nature féminine, que l'austérité du village ne lui avait permis de connaître que voilée, avait subi à ses yeux une transformation brusque et quasi diabolique. Une telle créature ne pouvait exister, à son sens, que dans les villes. Les amis de ses camarades de jeunesse ne s'entretenaient-ils pas, en termes inconnus, de choses dont il n'aurait pas eu l'idée de parler, puisqu'il les voyait, autour de lui, s'accomplir sans paroles ?

Il ne savait pas qu'il avait été préservé par une force qu'il ne pouvait nommer, car il ignorait que la nature installe devant la jeunesse une sorte de bouclier, pour l'empêcher de se perdre prématurément. Et quand bien même on lui aurait dit ce que la religion a fait de cette force, en transformant une chose inconsciente, du domaine de la nature, en une chose consciente, appartenant à l'homme, le mot de « chasteté » lui serait demeuré aussi incompréhensible : c'était un mot de catéchisme, qui servait d'avertissement, mais qui n'indiquait aucune direction.

Peut-être était-il préférable pour son esprit peu habitué à sonder l'obscurité que cet interdit semble provenir d'une source obscure, de son sang par exemple, car ce sang venait de son père et ce qui venait de son père était toujours bon. Et sans s'en rendre compte, sa vie d'avant – que ces dernières semaines avaient bousculée – reprenait peu à peu son cours. Quelque chose comme de la vigilance, du silence et de la fierté se mêlait au sentiment de délivrance que ce retour à la normale lui offrait, apparaissant ainsi comme une victoire.

Ce sentiment était assez pareil à ce qu'il avait éprouvé jadis, en suivant des yeux, dans l'herbe mouillée de rosée, la trace sombre de Laban vaincu qui sortait de sa vie en quittant son royaume.

Quand Adam vint lui rendre visite, il le reçut déjà avec l'égalité d'humeur et d'amitié des jours anciens, et seul le message du maître d'école, transmis mot pour mot, fit passer une ombre sur son front, au point même qu'avait empourpré « l'herbe des blessures de Jésus ». Le récit d'Adam lui fit comprendre tout de suite à quoi se rapportaient ces paroles ; toutefois, il refusa de donner la moindre explication et, d'un geste de la main, il indiqua sa volonté de ne plus penser à cette histoire.

Ils passèrent ensemble une claire journée, sans arrière-pensée, où se dissipa aussi la sourde angoisse d'Adam à qui le séjour chez l'homme à la blouse blanche n'avait pas été salutaire et qui pensait à la prochaine rentrée des classes comme on pense au scalpel du chirurgien.

***

Ce même automne où Michaël venait d'avoir seize ans, un autre visiteur étrange vint hanter son monde solitaire.

L'époque où le passage des grues, les fruits rouges des sorbiers et l'odeur des fanes de pommes de terre qu'on brûle au loin faisaient apparaître Michaël encore plus paisible et replié sur lui-même. Ce visiteur n'était autre que monsieur Elwenspok, à qui l'inspecteur aux lunettes d'or avait fait remarquer son âge avancé et qui devait donc prendre sa retraite.

Désormais maître seulement de son temps, il passait ses journées à travers landes et marais, pour renouveler les plantes séchées de son grand livre et, la chance aidant, pour en augmenter la collection. À dessein ou par hasard, il avait, dès ses premières promenades, rencontré Michaël et son troupeau. Il avait trouvé tout de suite auprès du berger non seulement un intérêt naturel pour ses recherches, mais une aide inattendue ; en effet Michaël s'offrit à le conduire aux endroits où il trouverait les plantes rares. Ce début d'une collaboration presque scientifique fit naître entre les deux hommes une intimité toujours croissante ; l'un, au terme de ses jours, acceptait cette amitié comme un présent tardif ; l'autre, que le monde avait, pour la première fois, blessé, y trouvait une douce consolation.

Entre toutes, les dernières heures de l'après-midi étaient pleines d'un bonheur tranquille à l'écart du monde. Sur une colline, entre des buissons de genévriers, Michaël allumait un petit feu sans fumée, où il rôtissait les derniers champignons de l'année, tandis que monsieur Elwenspok faisait chauffer son café au bord des flammes. De la hauteur aux pentes douces, le regard s'étendait au loin, par-delà la tache brune des marais et les bois dorés, jusqu'aux premières rougeurs du soir où s'enfonçaient, comme un coin, bientôt englouti, les troupes de grues ou d'oies sauvages. Au-dessus d'eux, haut dans le ciel, d'invisibles courlis poussaient leur cri, et loin derrière on entendait le roulement d'une charrette, accompagné d'un air mélancolique que le valet de ferme chantait dans l'immensité du soir.

Dans ces moments-là, le cœur du vieux maître d'école s'ouvrait, lui qui, toute sa vie, d'année en année, avait dû enseigner les choses simples sans pouvoir jamais parler de ces autres choses qui, au temps de sa jeunesse avaient enflammé son cœur, comme elles enflamment tous les cœurs jeunes. Délivré de la monotonie quotidienne dans la paix solennelle du paysage, au milieu du troupeau qui déjà se reposait, il pouvait se croire pareil à ces patriarches qui, riches d'expérience, viennent s'asseoir encore une fois auprès de leurs petits-fils, pour déposer leur apaisante sagesse en de bonnes mains, en attendant qu'on croise les leurs sur leur poitrine, pour toujours.

Cela faisait un grand nombre de vies humaines qui étaient, à leurs débuts, passées par ses mains attentives ; il avait suivi de loin les voies diverses où elles s'étaient ensuite engagées, pour aboutir bien des fois à une mort prématurée. Aussi pouvait-il, de ce réseau complexe, dégager avec prudence quelque loi secrète. Il ne pouvait s'empêcher de penser que, là aussi, tout dépendait en définitive de « l'esprit de Dieu », selon qu'il inspirait l'homme ou non. Puis, abandonnant le cadre étroit de ce canton pour remonter le cours de l'histoire des peuples, il expliquait comment tels de ces peuples, dont les débuts avaient été aussi modestes que ceux d'un berger, s'étaient élevés, comme dans un flamboiement, jusqu'aux grandes épreuves et aux grands exploits. Car, disait-il, le plus humble vêtement n'a jamais empêché celui qui le porte de briller magnifiquement par ses pensées et ses actions. Et parfois, après un long silence, il ajoutait d'une voix pensive que toute fonction porte discrètement sa couronne pour celui qui s'en acquitte avec fidélité.

Il avait appris que les jeunes amis de Michaël s'éloignaient maintenant de plus en plus de lui, à part Adam.

— C'est, disait-il, une loi de toute vie : des commencements semblables mènent à des fins différentes ; mais préserver ce qu'il y a de premier dans le monde est une noble tâche, surtout dans un temps où les villes grandissent sans cesse et où, sans arrêt, la machine détruit ce que la main de l'homme avait mis des milliers d'années à apprendre ou à acquérir. Et toujours, ajoutait-il à voix basse, toujours les solitaires furent enveloppés d'une gloire et d'une grâce particulières, parce qu'ils étaient ceux qui étaient demeurés les plus humains ; et ce qu'ils avaient souffert, leurs douleurs ou leurs renoncements, avait été pour eux, mais non pour eux seuls, une bénédiction.

Généralement, Michaël restait assis près de lui. Sans parler, les mains brunes croisées autour de ses genoux, les yeux pleins des lueurs rouges du couchant. Une fois seulement, il demanda, sans aucune gêne, quel esprit pouvait bien avoir inspiré la demoiselle Tamara. Le vieux maître rougit comme un enfant, poussa de son bâton la cendre sur la dernière braise et, se levant, déclara que c'était sans doute l'esprit de la vieille nature païenne, à laquelle on avait, aux âges lointains, dressé beaucoup de temples, un esprit ni bon ni mauvais, mais que Dieu nous a chargés de transformer en un esprit plus élevé pour les siècles à venir.

Ils prenaient congé l'un de l'autre, en paisibles compagnons assurés de se revoir le lendemain et qui avaient beaucoup de temps devant eux pour se dire ou se montrer les choses familières qui occupaient leurs pensées. Et lorsque, de l'ombre du bois marécageux qui déjà les séparait, les accents de la corne de Michaël s'élevaient encore une fois, submergeant comme d'une lueur sonore toute la plaine que l'automne obscurcissait déjà, le vieil homme qui regagnait son logis s'arrêtait, une fois de plus. Appuyé sur son bâton, il prêtait l'oreille, envahi d'une mélancolie profonde, en songeant au couchant de sa propre vie qui n'avait connu que de maigres moissons ou à sa tardive amitié pour le calme adolescent qui s'enfonçait là-bas dans les bois et dont il était impossible de deviner le destin et l'avenir.

L'été suivant, Adam ne retourna pas dans les montagnes et Christophe revint de son école d'agriculture : il en avait été renvoyé comme trop peu doué pour les études. Son père en fut terriblement blessé. Il ferait donc une dernière fois la moisson et les semailles, avant d'entrer, en automne, à la caserne, où il deviendrait vite, par son allure martiale et son brillant uniforme, un digne successeur de son père.

Ainsi leur fut accordé, une dernière fois, d'une manière inattendue, un répit comme un regain de ces années où, enfants, ils avaient pu se croire à l'abri des soucis de l'avenir. Peu importait qu'Adam sache par cœur des odes latines et que Christophe soit capable d'écrire dans le sable de la lande, en caractères bizarres, la composition chimique des terres paternelles. C'était de peu d'importance parce qu'ils considéraient ces choses comme des niaiseries dont ils souriaient, quand ils ne les qualifiaient pas de noms plus durs. Ce qui, de nouveau, leur importait, c'était de découvrir le nid de milan, tout près duquel le grand oiseau aux nobles ailes décrivait des cercles, en lançant son appel mélancolique. C'était de prendre des écrevisses à la main dans la rivière, sous les racines des aulnes, ou encore de pousser de sourds meuglements pour faire sortir d'un fourré le taureau Bismarck qui commençait doucement à prendre de l'âge et de réveiller en lui une colère juvénile contre un invisible rival.

Le soleil brillait, les baies mûrissaient, et quand le vieillard au sourire tranquille venait par les marécages fleuris, portant la boîte à herboriser en bandoulière sur ses épaules voûtées, ils l'accueillaient comme s'il ne les avait jamais fait souffrir avec le calcul décimal et ses solennelles sentences bibliques, et lui-même alors se demandait, avec un peu d'embarras, si l'homme ne ferait pas mieux de renoncer tout à fait à dresser n'importe quelle échelle de mérite avec des premiers et des derniers.

***

Par des allusions dans les conversations, ils apprirent ce qui se tramait dans l'ombre. Les projecteurs dans la nuit, les détonations des cartouches de dynamite, les incendies allumés à l'horizon, pour dégager le champ de tir sur le proche détroit du lac, révélèrent à leurs esprits non préparés l'approche de la guerre. Aussitôt elle bouleversa leur monde avec une rapidité inconcevable, transformant tout : le village, le district, leur activité, leurs projets d'enfants. Les camarades de Michaël faisaient déjà leurs préparatifs pour s'enrôler dans la plus proche garnison, pour se battre contre l'ennemi. Christophe tenait des discours hargneux, comme s'il avait hérité de son père la dent d'or dans la bouche. Adam taisait ses angoisses et se tenait prêt à tout. Michaël sentait peser sur lui, avec encore plus de poids, la responsabilité de son pâturage.

Avant toute activité guerrière, il avait à pourvoir aux besoins de son troupeau ; averti de la menace par des réfugiés, il chercha et examina de-ci de-là, dans les forêts, l'œil sévère, les recoins inaccessibles, s'assurant qu'il y avait des pâturages et de l'eau et qu'aucun indice ne trahirait leur retraite aux regards des cosaques.

En ces jours des premières batailles, où les événements se précipitaient et qui semblaient pourtant bien longs, l'orage de la guerre, assemblant ses nuées, commençait à gronder en cercle de toute part, paresseux encore et comme hésitant à se déchaîner, mais parfois aussi, dans les nuits lourdes, lançant déjà quelque signal de flamme sur l'horizon anxieux. Dans l'effarement, la folle excitation, l'angoisse et l'enthousiasme du village, ce fut Michaël qui, de tous les habitants, garda le visage le plus calme.

À la manière d'un général taciturne, il avait fait ce qui était de son ressort : il avait choisi un refuge pour son troupeau, transporté dans une hutte de roseaux tout ce qui pouvait lui être nécessaire, à lui et à d'autres, pour y mener une vie cachée. Car jamais il ne consentirait à faire ce dont parlait le roi Christophe quand il cédait au découragement, jamais il ne s'associerait à ce projet de conduire son troupeau, dans la poussière des routes et des villes, vers un exil amer. Libre à des vieillards, à des femmes et à des enfants de choisir cet expédient des bannis et des faibles. De même qu'il était impossible de déplacer les maisons du village pour les mettre en lieu sûr, on ne pouvait pas davantage se permettre de déplacer n'importe où le troupeau. Car le troupeau n'était pas seulement l'orgueil du village, sa richesse et, si modeste soit-elle, sa gloire, le troupeau était le village même, il était son être profond, il était comme l'odeur des toits de chaume, la fumée des cheminées, le parfum des tilleuls du cimetière. Il était quelque chose qu'on ne saurait comparer à rien et qu'on ne pouvait, d'aucune manière, séparer du sol natal.

Pourtant ni Michaël, le plus humble habitant du village, ni le roi Christophe qui en était le personnage le plus important n'eurent de prise sur la situation.

Tandis que Christophe faisait barrer la grand-rue avec des herses et des charrettes à ridelles, pour se protéger des fourgons ennemis qui, selon les rumeurs, emportaient l'or en Russie, tandis que la jeunesse recevait l'ordre de se grouper en des endroits déterminés, pour ne pas tomber entre les mains de l'adversaire en cas d'attaque à l'improviste, tandis que les charrettes, obéissant à un autre ordre et suivant d'immuables lois, allaient aux champs rentrer en hâte la récolte, voici qu'un après-midi le ciel s'enflamma sur la droite et sur la gauche, par-delà les grandes forêts.

Les cloches sonnèrent le tocsin, puis se turent, et le bruit des coups de feu tirés au loin résonna, emporté par le vent, sur les terres fauchées où l'on dételait les chevaux et déchargeait les charrettes pour les reconduire dans les maisons, où l'on y entassait en toute hâte et sans but, des meubles et des objets. Le jeune Christophe fut dépêché à cheval auprès de Michaël pour lui dire qu'il devait aussi conduire son troupeau sur la grand-route, la seule, semblait-il, qui permît encore de fuir vers l'intérieur du pays.

Christophe revint au village, porteur d'un heureux message et d'une singulière requête. Premièrement, le troupeau de Michaël était en lieu sûr. Deuxièmement, Michaël leur faisait savoir que les hameaux voisins brûlaient à la ronde, qu'il ne pouvait ni ne voulait quitter son troupeau et la forêt, qu'il attendait près des tourbières les habitants du village, pour les conduire au lieu caché qu'il avait choisi pour eux et où tous les cosaques du monde ne sauraient les débusquer. Et qu'il leur recommandait de se presser et de ne pas faire de bruit. Pour mener à bien ce projet, ils pouvaient se fier à Christophe, qui était un chef sûr.

Parmi le brouhaha des avis divergents qu'émirent tous ces gens perplexes et effrayés, la mère de Michaël décida du sort du village. Nouant solidement son foulard autour de sa tête et mettant son râteau sur l'épaule, elle déclara qu'on s'était toujours bien trouvé de faire ce que voulait Michaël, et qu'en tout cas elle irait retrouver son fils, quelle que soit la décision prise par le village.

Une heure après, tout s'était passé comme Michaël l'avait décidé; hommes et chevaux étaient arrivés à la lisière de la forêt protectrice. Il fallait maintenant quitter la route et les conduire au-delà des marais, un à un, pour ne pas laisser de traces trop visibles. Les femmes pleuraient, les enfants, les yeux hagards, restaient muets en contemplant les champs abandonnés, les gerbes jetées en tas, et le blé qui n'était pas encore fauché brillait au soleil. Tout à coup des éclairs claquèrent derrière la bordure du village; des lances et des sabres se détachaient sur des uniformes étrangers de couleur brune et de petits chevaux… Au même instant, ils aperçurent tous, à la pointe de la forêt, la silhouette difforme de la fille de Torfjohann : elle courait, en sanglotant, derrière un jeune agneau qui, ce matin, avait semblé malade et, pour cette raison, n'avait pas rejoint le troupeau. Maintenant, grisé d'espace, il sautillait, en bonds désordonnés, devant la jeune fille.

Tous retinrent leur souffle ; ils comprenaient que leur sort dépendait de ce jeune et pétulant animal, et la fille de Torfjohann elle-même, avertie par un signe furtif, s'arrêta d'abord, indécise, regarda autour d'elle, puis se laissa tomber tout d'une pièce et se mit ensuite à ramper silencieusement dans l'herbe haute, en direction de la forêt.

Derrière la lisière des bois, on soupirait déjà de soulagement, sans savoir encore s'il fallait surveiller les cavaliers ou se réfugier en hâte dans la forêt. Mais quand l'agneau ne vit plus sa maîtresse, il cessa de sautiller, poussa quelques bêlements plaintifs, et fit demi-tour vers le village pour y retrouver son étable et la vie familière.

Peut-être aurait-il mieux valu que la mère de Michaël dise un peu plus tôt à son fils qu'elle était fatiguée et désirait ainsi se reposer au refuge qu'il avait trouvé pour eux tous.

Bien que Michaël ait entendu sa prière et que le ton pressant de ses paroles n'ait pu lui échapper, il ne cessait de suivre des yeux l'agneau qui s'éloignait lentement. Après un signe de tête échangé avec Christophe, Michaël lui indiqua avec la main, la direction à suivre, posa sa corne d'écorce et sa sacoche de cuir, mais garda sa fronde et disparut dans les buissons qui longeaient les bois en direction de la route, comme s'il avait bien réfléchi qu'à cet endroit de la forêt on n'apercevrait plus aucun signe de vie.

Plus tard, le jeune Christophe déclara que le regard que lui avait jeté Michaël, en lui indiquant ce qu'il avait à faire, avait une expression étrange dont il ne pouvait, dans son langage malhabile, donner une idée exacte. Tout ce qu'il pouvait dire, c'était que ce regard était très grave, mais que derrière cette gravité il y avait une joie modeste et un peu de tristesse. On retrouvait dans ce regard le Michaël qu'ils avaient tous connu ; mais, à côté, on aurait dit qu'il y avait déjà comme un nouveau Michaël, que personne encore n'avait connu. Voilà la meilleure explication qu'il avait pu donner.

Ce qui survint alors se passa très vite devant les yeux de tous. À l'instant même où Michaël sortait en courant de la pointe extrême de la forêt en cherchant à barrer la route à l'agneau, les trois cavaliers prirent le galop derrière la bordure du village. Ils étaient fort éloignés et leurs chevaux n'étaient sans doute pas bien reposés ; mais l'agneau ne se laissa pas facilement attraper et quand Michaël l'eut chargé sur ses épaules, il le gêna dans sa course. On le voyait trébucher tandis qu'il essayait d'atteindre la lisière de la forêt, loin de la cachette des paysans, à l'endroit où elle touchait à la lande.

C'est alors que le roi Christophe, prévoyant ce qui allait se passer, perdit la maîtrise de lui-même et, mettant ses mains en porte-voix, cria :

— Lâche-le !

Mais, en supposant qu'il ait entendu cet ordre, le jeune berger ne pouvait en aucune façon y consentir. En se retournant, il constata que ses poursuivants couraient plus vite que lui. Alors il s'arrêta brusquement, fit face à l'ennemi, laissa l'agneau glisser de ses épaules et, le serrant dans ses bras sur sa poitrine, attendit ce qui allait arriver.

Quand ils eurent rattrapé Michaël, les cavaliers, qui sans doute n'ignoraient pas ce qu'est un berger ni quels sont ses soucis, n'eurent pas du tout l'air de le tenir pour un espion ou pour un soldat déguisé.

Ils lui demandèrent d'abord dans leur langue incompréhensible, puis avec des gestes significatifs, de placer l'agneau, qui leur semblait un butin appréciable, sur la selle de l'un d'eux. Michaël refusa et recula pour échapper aux mains qui voulaient le saisir ; un cavalier dégaina, en poussant un juron et brandit son sabre ; alors Michaël, laissant l'agneau glisser à terre, saisit sa fronde et atteignit sans doute entre les deux yeux celui qui le menaçait, le faisant tomber à la renverse de son cheval. Mais un coup de lance lui traversa la poitrine et le jeta sur l'agneau qu'il couvrit, en perdant connaissance, de ses deux bras étendus. Les cavaliers hissèrent leur camarade évanoui sur son cheval, retirèrent l'agneau de dessous le mort et le placèrent devant le pommeau d'une selle. Puis, flanquant de part et d'autre l'homme qui chancelait, ils revinrent sur leurs pas, se retournant de temps à autre pour voir si, des sombres forêts, quelque vengeur ne s'était pas lancé à leur poursuite.

***

Au crépuscule, Christophe et son fils étaient allés chercher le mort sur une civière, faite de branches d'arbres, comme celle sur laquelle on avait jadis ramené son père, de la forêt à la maison. La paix se lisait sur son visage, éclairé d'un doux sourire, et qui gardait seulement autour des yeux éteints quelque chose de grave et de sévère, comme si, du fond même de la mort, il trouvait infondés la pitié et les reproches.

Sans pleurer, sa mère, à genoux près de lui, essuyait soigneusement de son foulard un mince filet rouge entre ses lèvres fermées.

Le lendemain, les troupes allemandes traversaient déjà le village, et le tonnerre des canons se fit entendre, derrière les forêts, enveloppées maintenant comme d'un immense anneau protecteur.

Cette situation durait encore quand on enterra Michaël dans le cimetière du village. Comme le pasteur, atteint d'un coup de sabre à la porte de l'église, avait dû rester chez lui, ce fut le maître d'école Elwenspok qui, selon la vieille coutume du pays, prononça son éloge funèbre. Il commença de ce ton de voix clair et hardi que tous lui connaissaient bien, adultes et enfants ; mais bientôt, après quelques phrases, il éleva ses mains jointes devant sa poitrine où quelque chose sembla se briser et il parla tout bas, comme s'il se trouvait non pas devant un mort, mais auprès d'un homme endormi.

— Ce n'est pas pour la patrie, dit-il, que ce noble jeune homme est tombé, ce n'est pas pour l'empereur, ni pour un trône ou un autel de ce monde : il est tombé pour l'agneau du pauvre dont on parle dans la Bible. Mais dans l'agneau du pauvre se trouvent comprises toutes les patries et toutes les couronnes de cette terre ; car la plus grande chose qui puisse arriver à un berger, en ce monde, c'est de mourir pour la bête la plus chétive de son troupeau. Dans cette jeune existence, continua-t-il, se trouve magnifiquement réuni tout ce que d'autres n'acquièrent qu'après soixante-dix à quatre-vingts ans : le combat, l'amour et une mort héroïque. Moi, qui suis un vieillard, je reconnais, au bord de cette tombe, que je dois à cet enfant le doux soleil qui éclaira tardivement le soir de ma vie. Quant au pays allemand sur lequel pèse aujourd'hui inexorablement le sombre nuage de la guerre, il n'est pas possible que Dieu l'ait voué à la ruine, puisque ce même Dieu a donné aux plus pauvres et aux plus humbles de ses enfants une âme ardente et lumineuse comme celle de ce jeune berger. Devant cette tombe, je ne ferai donc qu'une prière : puisse l'âme de ce mort vivre à jamais sur le village, comme sur la patrie tout entière ! Alors peut-être arrivera-t-il, en des temps très lointains, que le souffle d'âmes pareilles pénètre tous les pays et aide à établir le règne de celui que l'on a appelé l'Agneau de Dieu.

Personne ne s'étonna que Christophe, le roi du village, pleure la mort de celui qui avait contribué à sa gloire ni qu'Adam lance des regards désespérés sur la tombe du seul être qui avait pu lui montrer comment on peut maîtriser une vie difficile et dangereuse. Mais chacun trouva étrange et presque incompréhensible que Laban, venu du village voisin, se tienne comme une âme en peine au bord de la tombe et jette, les mains tremblantes, de la terre sur le front de son vainqueur. Il était peu probable qu'il ait été mû par le tardif repentir d'une haine d'enfance. Mais peut-être bien, après tout, avait-il pris conscience de la communauté de leur fonction et de leur destin. Peut-être voyait-il à présent dans ce mort une partie de lui-même, un peu d'une vie humble et pénible que la destinée aux yeux durs avait arrachée à la paix d'un pauvre village.

Par la suite, la guerre aux fortunes diverses a bien des fois encore exercé ses ravages dans la région. Elle a bouleversé des champs et réduit des maisons en cendres. Elle a même renversé les murs de pierres du cimetière et projeté ses lueurs rouges dans l'ombre des tombeaux profanés. Mais elle a respecté la simple croix en bois qui fut dressée sur la tombe de Michaël et qui, suivant la volonté du maître d'école Elwenspok, porte ces mots :

Michaël, fils d'une veuve.

FIN

À découvrir aux éditions du typhon :

Collection *Après la tempête*

Mirko Bonné, *Plus jamais nuit* (Allemagne)

John Braine, *Une chambre au soleil* (Angleterre)

Wolfgang Koeppen, *La mort à Rome* (Allemagne)

Tadeusz Konwicki, *La petite apocalypse* (Pologne)

Irmgard Keun, *Une vie étincelante* (Allemagne)

René Maran, *Un homme pareil aux autres* (France)

André Masson, *Un temps pour mourir* (Île Maurice)

Andreï Siniavski, *André-la-Poisse* (Russie)

John Wain, *Et frappe le père à mort* (Angleterre)

John Wain, *Hurry on down, les vies de Charles Lumley* (Angleterre)

Keith Waterhouse, *Billy le menteur* (Angleterre)

Collection *Les hallucinés*

Caroline Audibert, Clara Dupuis-Morency, Hélène Frappat

Bérengère Cournut, Marie Cosnay, Karin Serres,

L'Étrange féminin (France)

Lucie Baratte, *Le chien noir* (France)

Harry Kressing, *Le chef* (États-Unis)

Edgar Mittelholzer, *Eltonsbrody* (Guyana)

Edgar Mittelholzer, *Le temps qu'il fait à Middenshot* (Guyana)

Doina Ruști, *Zogru* (Roumanie)

Suivez notre actualité sur notre site Internet

www.leseditionsdutyphon.com

Roman d'un berger a été achevé d'imprimer en janvier 2022 sur les presses de l'imprimerie Pbtisk pour le compte des éditions du typhon.

Numéro d'éditeur : 18

Dépôt légal : mars 2022

Le dessin ci-dessous a été réalisé par Adrien Bargin.